조국과 민족

강태진 글·그림

조국과 민족

一 上

비아북
ViaBook Publisher

/

'조국'과 '민족', 그리고 '인간'

/

1987년 그 시절의 기억을 더듬어 보면, 친구 서넛과 돈을 모아 사 본 성인 만화잡지 『주간 만화』의 끈적한 장면과 부산 서면 은아극장에서 본 「미미와 철수의 청춘 스케치」의 주인공 강수연의 예쁜 얼굴이 떠오릅니다. 매캐한 최루탄 냄새에 재채기를 해대며 수업을 받았던 교실 풍경도 생각납니다. 하지만 곧 있을 88 서울 올림픽에 대한 기대감과 설렘으로 다들 들떠 있었지요. 북한에 큰 댐이 들어서자 우리도 댐을 만들어야 한다며 돈을 걷은 일도 있었습니다. 전 국민을 대상으로 한 사기 행각에 저도 무척 진지하게 나라를 걱정했습니다. 그때는 애국자가 아닌 사람이 없어 보였지요. 그러다 학급마다 강매되던 반공도서를 사지 못하겠다고 말했다가 담임선생님한테 '오지게' 야단을 맞으면서 저는 조금 비뚤어졌을지도 모르겠습니다.

당시 중학생이던 제게 남아 있는 단편적인 기억 이면에 더 많은 일이 있었다는 것을 알게 된 것은 대학생이 되어서였습니다. 정치자금을 적게 냈다는 이유로

재벌 기업이 해체되고, 경찰이 대학생을 고문하다 죽이고 시위하는 대학생에게 직격탄을 쏘아 그 목숨을 빼앗았습니다. 국가 정보기관이 폭력배를 사주해 야당의 당사를 습격했고, 올림픽 때 한국을 방문할 외국인들에게 부끄럽다며 달동네와 노점상을 철거했습니다. 그게 1987년 대한민국의 또 다른 모습이었습니다.

이 작품을 준비하면서 5공화국 당시 조작되었던 시국 사건에 관해 이런저런 조사를 했습니다. 어떤 식으로 사건이 만들어졌고, 그 과정에 어떤 피해자가 생겼으며, 가해자는 어떤 사람이었는지를 조사하던 중 가해자에게서 한 가지 공통점을 발견했습니다. 그것은 바로 진심에서 우러나오는 '애국심'이었습니다. 그들은 출세나 금전 같은 사적 욕망을 채우기 위해서가 아니라 진정 '국가'를 위하는 마음으로 그런 일을 했습니다. 그래서 죄책감은커녕 오히려 하늘을 찌를 듯한 애국자로서의 자부심을 지닐 뿐이었습니다. '국가'를 위해 '국민'에게 그런 짓을 하다니 앞뒤가 맞지 않지만 실제로 그랬습니다. 그들 머릿속의 '국가'란 과연 무엇일까, 그들에게 '조국'과 '민족'은 '인간' 그 자체보다 더 우위에 있는 가치인가를 파헤쳐보고 싶었습니다.

1987년 여당에서는 '보통 사람'이 대통령 후보로 나왔습니다. 마음씨 좋은 아저씨 같은 얼굴을 하고 있지만 사실 목숨 걸고 군사 반란에 가담한 핵심 인물로, 적어도 '보통은 아닌' 사람이었지요. 대통령 선거 바로 전날에는 KAL기 폭파범 김현희가 입에 재갈을 물고 모습을 드러내 국민을 경악케 했고, 노태우 후보는 대한민국의 제13대 대통령에 당선되었습니다. 그 뒤로 달라질 것 없어 보이던 세상이었지만 대통령이 몇 번 더 바뀌고 나니 그 시절의 일을 되짚어 보아야 한다는 목소리가 나오기 시작했습니다. 나라에서 발 벗고 과거 사건을 재평가하기 시작했고 악행이 드러난 사람은 처벌을 받았죠. 하지만 '성공한 쿠데타'는 처벌받지 않았습니다. 악명 높은 고문기술자 이근안의 경우 1988년에 고문혐의로 수배를 받은 뒤 과감하게도 자신의 집에 숨었고, 경찰은 황당하게도 무려 11년간 찾지 못했습니다. 숨어 사는 일에 지쳐(?) 자수한 이근안이 과거 자신의 행위에 대해 반성하지 않은 것도 당연한 일입니다.

오래되지 않은 현대사에 대한 이야기이다 보니 자료 조사를 더 잘해야 한다고 생각했고, 그 시절의 일들을 하나하나 되짚어 보는 과정에서 데자뷔처럼 지금의 대한민국이 겹쳐 보였습니다. 어두운 우리 과거사의 한 페이지를 들춰내는 것이 부담스럽기도 했습니다. 누군가에게는 현재까지 이어지는 아픈 경험일 수 있기 때문입니다. 하지만 그 시대를 살았던, 그리고 오늘을 살아가고 있는 우리의 모습을 되돌아보는 실마리가 되리라 생각했습니다. 무거운 소재이지만 의외로 마냥 무겁지만은 않은 만화입니다. 즐기는 마음으로 끝까지 봐주시면 좋겠습니다.

응원해주신 독자들과 레진코믹스, 비아북 여러분께 감사의 말씀을 전합니다.

2016년 9월

강태진

차례

중학교 3학년 때였지 아마.
반공 표어 대회가 있었는데
내가 종로구 전체에서
1등을 먹은 거야.
내가 어릴 때부터 좀 똑똑했잖냐.
근데 상금이 얼마였는 줄 아냐?
무려 3만 원!

그때 3만 원이면
꽤 큰돈인데?

컸지.
요즘이야 물가가 미친
듯이 올라서 그렇지,
그땐 학교 매점 라면이
20원이었거든.

중학생한테 3만 원이면, 어유.
진짜 주디?

1973년 서울
주긴 주는데, 뭔 구청인가
지랄인가에 직접 찾아가서
받으라는 거야 참나.
이상하면 살펴보고
수상하면 신고하자

최주임.

반공 표어 대회 상금 받으러 왔다는데 이거 뭔지 들은 거 있어?
반공 표어 대회요? 그런 걸 뭐 구청에서….

저기 2층 건가?
아… 장대령 건가 보다.

거기 계단 있지?

올라가서 맨 끝 방이야.

뭐냐?

장대령? 장실장님?
그래. 장실장님. 거기서 처음 만난 거였어.

반공 표어 대회 상금 받으러 왔는데요.

엥. 표어 대회? 그런 게 있었나?

뭐…
들어와.

짜식들…
그런 게 있으면 말을
해줘야지.
현역으로 보안사에 계실 때였는데 학원
소요 관련해서 파견 근무 중이셨나봐.

거기 앉아.
얼마지
상금이?

3만 원인데요.
아따, 3만 원!
너 횡재했다 야.

어디 학교?
이름이 뭐야?

족번과국조
창경중학교 3학년
8반 35번
박도훈인데요.

그래 박도훈이….
이 돈 뭐할 거야? 엄마 갖다줄 거야?

엄마 없는데요.
그러냐? 허허

그래 어디… 3만 원짜리 표어 한번 들어보자. 읊어봐라.

사람 좋은 옆집 형님
알고 보니 좌경 용공

캬~

표어는 역시
4언 절구!

좋네, 좋아.
돈값 했어.
허허허

근데

옆집에
좌경 용공
형이 살어?

아뇨, 그건 아니고
그냥 저희 형이
대학생인데…
맨날 데모하고

이상한 형들
밤에 막 데려
오구요.
그래서 큰어머니가
맨날 저놈 저거 좌경
용공이야…
그래요.

아…
거 뭐냐.

얄궂은 책 같은 거 읽고
토론도 하고?
네. 종이에 뭘 이만큼씩
막 등사기로 밀고 그래요.

그거 그런 거지?
교련 반대, 뭐 그런 거.

네, 어떻게
아세요?
저 보고도 고등학교
가면 교련 시간에는
땡땡이치래요.

에이… 그럼 쓰나.
허허

니네 형
이름이 뭐냐?
어디 다녀?

서울대학교요.
철학과 박종훈.

아~ 박종훈이…
니가 종훈이
동생이구나?
저희 형
어떻게
아세요?

아, 내가 하는 일이
대학생들 많이 만나는
일이거든.

너희 형…
꽤 유명한데, 몰라?

너희 아버지가
그 뭐냐… 용표 밀가루,
심용제분 박석호 건무기?
외할아버지가
민영식 회장님이시고?
아주 잘 알지.

세상 참 좁다.
그치?
네,
신기하다.
헤헤

삼용제분? 새마을 기금 안 내고 버티다 박살난 그 악질 기업? 너 삼용제분 손자였어?
손자는 개뿔… 내가 너처럼 금숟가락 물고 태어난 줄 아냐, 새꺄?

근데 아버지는 박석호가 맞는데 민영식 회장은 외할아버지가 아니에요.
엉? 아니라고? 맞을 텐데?

그러니깐요… 형 외할아버지는 맞는데, 제 외할아버지는 아니라구요.

아… 그럼 그 뭐냐. 형이랑 어머니가 다른 거야?

그~ 래?

그러면 말이다. 혹시 다른 어머니가 또 있어?
아니면 뭐… 형 외할머니가 여러 명이라거나?

…

에헴

너 인마,
마음에 든다.

그때 장실장님이 책장에서
씨바스리갈을 딱 꺼내는 거야.

도훈이 너 인마, 친구 많지?
너처럼 똑똑하게 생긴 애들이
인기도 많고 그렇잖아.

아저씨도 너만 한 아들내미가
하나 있거든. 근데 이놈이
영 띨빡해서 걱정이야.

너처럼 똑똑하면
좀 좋아. 허허허

CHIVAS REGAL
18
SCOTCH WHISKY
GOLD SIGNATURE

어른이 주는 건
괜찮아.
난 인마, 니 나이 때
할아버지랑 마주 앉아서
탁주 한 말씩 먹고
그랬어.

자.

실장님도 대단하지 않냐.
중학생 애새끼한테서
삼용제분을 털기 시작한 거야.
중학생한테
양주를 먹였다고?

허허 고놈 잘
먹네.

도훈아.

난 또 그걸 넙죽 받아먹고는
용표 밀가루 집구석에 대해서
할 소리 안 할 소리 다 한 거지.
엄마
얘기
한번
해봐라.
야… 씨발, 마주 앉은 사람이
천하의 보안사 수사관일
거라고 상상이나 했겠냐.

엄… 마…
얘기요?

원래 울 엄마는
아버지 집 식모였어.
처음 식모로 들어올 때
나이가 열여덟이었는데.

날 낳을 때 나이가 열아홉.

그러니깐 열여덟 살짜리 애를
우리 아버지란 인간이 덮친 거야.

우리 엄마가 좀
예쁘긴 했지만.

아버지도 무슨 똥배짱이었는지.

호랑이 같은 갑부 장인한테 얹혀서
빌어먹다시피 사는 주제에 말이야.
그때만 해도 대한민국 짜장면 두 그릇 중에 한
그릇은 이 노인네 밀가루라고 하던 시절이었거든.

어쨌거나 덜컥 애를 뱄는데
이걸 어떡해, 낳아야지.

그런데 큰어머니가 그 꼴을
그냥 두고 봤겠냐.

엄마가 날 낳고 대충 산후 조리가 끝나자마자 내쫓아 버린 거야.
그래서 다섯 살 때까지는 엄마랑 외갓집에서 살았다고 하더라고.

그렇게 쫓아냈으면 잘 살게 가만히나 둘 일이지.

친할머니라는 할망구가 이유야 어찌 됐건 박씨 집안 씨를 그렇게 팽개치는 법이 아니라고 난리를 쳤대.

시어머니가 그렇게 길길이 날뛰니 며느리가 재간이 있나.

큰어머니가 몰래 찾아와서는 날 납치하다시피 데려가버렸어.
엄마가 너 키우기 힘들다고 데려가 달랜다.
이제부터는 서울에서 아버지랑 사는 거다.

쪼그만 게 뭘 알았겠어. 그냥 엄마가 보고 싶어도 꼭 참고 있었겠지.

그러다 국민학교 2학년 때 외할머니가 갑자기 찾아오셨어.

어버지랑 하는 이야기를 엿들었는데…
그 불쌍한 것이 새끼를 못 봐 정신줄을 놔버리더니…

어이구야….

너… 식구들 원망
많이 했겠구나?

복수…
할 거예요.

어른 되면 돈 엄청
많이 벌어서 엄마
복수할 거예요.

에이
그럼
쓰나.

그… 복수
말이다.

족빌과금조
이 아저씨가
해줄 수도
있는데…

?
허허

우리 도훈이가
말이야…
조금만
도와주면,

내가 아주
확실하게
해줄 수 있지.

…

이게 말이야,
도청기라는 거다.
말 엿듣는 거…
알지?

이걸 종훈이 방
전기 코드에 꽂아
놓기만 하면 돼.
종훈이 몰래 말야.
감쪽같아서 모를
거야.

참…
대단한 양반이지.

형이 검거되고 한 달쯤 지났나? 신문을 봤더니, 와….

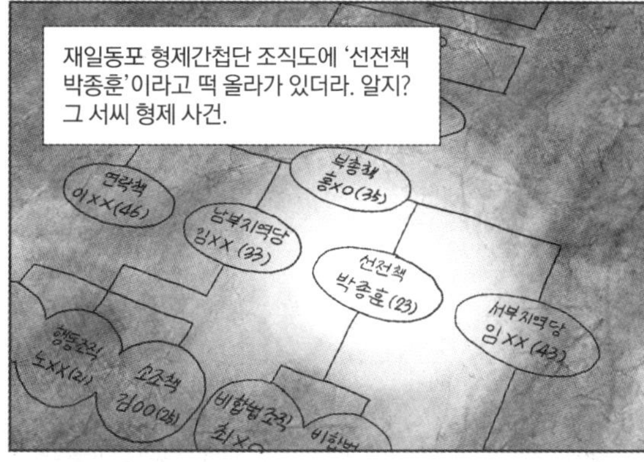

재일동포 형제간첩단 조직도에 '선전책 박종훈'이라고 떡 올라가 있더라. 알지? 그 서씨 형제 사건.
연락책 이XX (46)
박종책 홍XO (35)
남부지역당 임XX (33)
선전책 박종훈 (23)
서부지역당 임XX (43)
행동조직 노XX (21)
소조책 김OO (24)
비합법조직 최XO
비합법

그때 얼마나 심하게 조졌는지 우리 형 지금도 왼쪽 다리 안 좋잖아.

그럼, 서씨 형제 사건. 가라로 만든 거야?
아니지 인마. 그냥 우리 형만 살짝 끼워 넣은 거지.

아유, 또 시작이다.
이 구멍이건 저 구멍이건
빨갱이만 집어넣으면 되지.
뭘 맨날 그렇게 따지냐
새꺄….
어쨌든 너희
형은 가라로 넣은
거 맞네.

얘기 그만해?
듣기 싫어?

그러고는 삼용제분은 세
갈래로 찢어져서 없어졌는데
야… 그 큰 회사 하나 분해되는
데 그게 한 달이 채 안 걸려.
용
용
용

결국 민회장 노인네는
시름시름 앓다 황천길 떠나고,
뭐 우리 집이야 말할 것도
없고….

실감이 안 나더라. 장실장님이 정말
신처럼 보였다. 그땐.

그러고 나서 대학 들어가기 전까지는 외할머니랑 살았어.

내가 공부는 잘했잖냐. 어쩌다 보니 서울대에 덜컥 합격했는데.
농사짓는 시골 노인네한테 대학 입학금이 어딨어.

생각나는 게 장실장님밖에 없더라구. 그래서 무작정 찾아갔지.

내일 당장 할머니께 인사드리고 집으로 들어오거라.

여기서 지내면서 힉교 다니면 된디.
현우 저놈 공부도 좀 봐주고 하면서 말이야.

돈 걱정은 말고 공부만 열심히 해. 내가 너 졸업은 시켜주마.

현우 저놈이 외동이라 외롭게 컸다.
니가 형이 되어줘.

그 대신 말이야.

나하고 약속 하나만 하자.

대학 마치면 말이다.

나와 함께 조국과 민족을 위해 한번 일해보는 거다.
어떠냐?

엄마 복수를 하려면 부자가 되어야 한다고 생각했어. 강한 사람이 되려면 오직 돈이다, 돈을 벌자. 것도 엄청 많이.

돈보다 대단한 건 없다.

그때 장실장님이 나타나서 민회장 집안을 한 방에 가루로 만들어 버린 거야.

이게 뭐야? 민회장도 장실장님한테는 좆도 아니네?

아… 이거였구나. 씨발, 장실장님처럼만 되자. 진짜 열심히 해서 딱 장실장님처럼만 되자.

그럼 뭐야. 장실장님처럼 강한 사람이 되어서 나라를 위해 일하는 게 아니라 돈 많은 놈들이나 조지겠다?

맞아. 처음엔 그런 생각이었어. 근데…

장실장님을 가만히 보다가 문득 드는 생각이,

돈을 벌어서 강한 사람이 되는 거보다

강한 사람이 되어서 돈을 벌면 말이지.

그게 훨씬 더….

돈을 벌다니
뭔 개소리야.

아…
따….

그래.
내가 너한테 이 얘길
왜 하고 있는 거냐.

새끼,
농담을
못 해.
그런 걸
농담이라고
확~ 씨!

변비 걸린
똥구녕도 아니고
꽉 막혀 가지고는
일어나 새꺄.
임이나 해,

주전자 들어
인마.

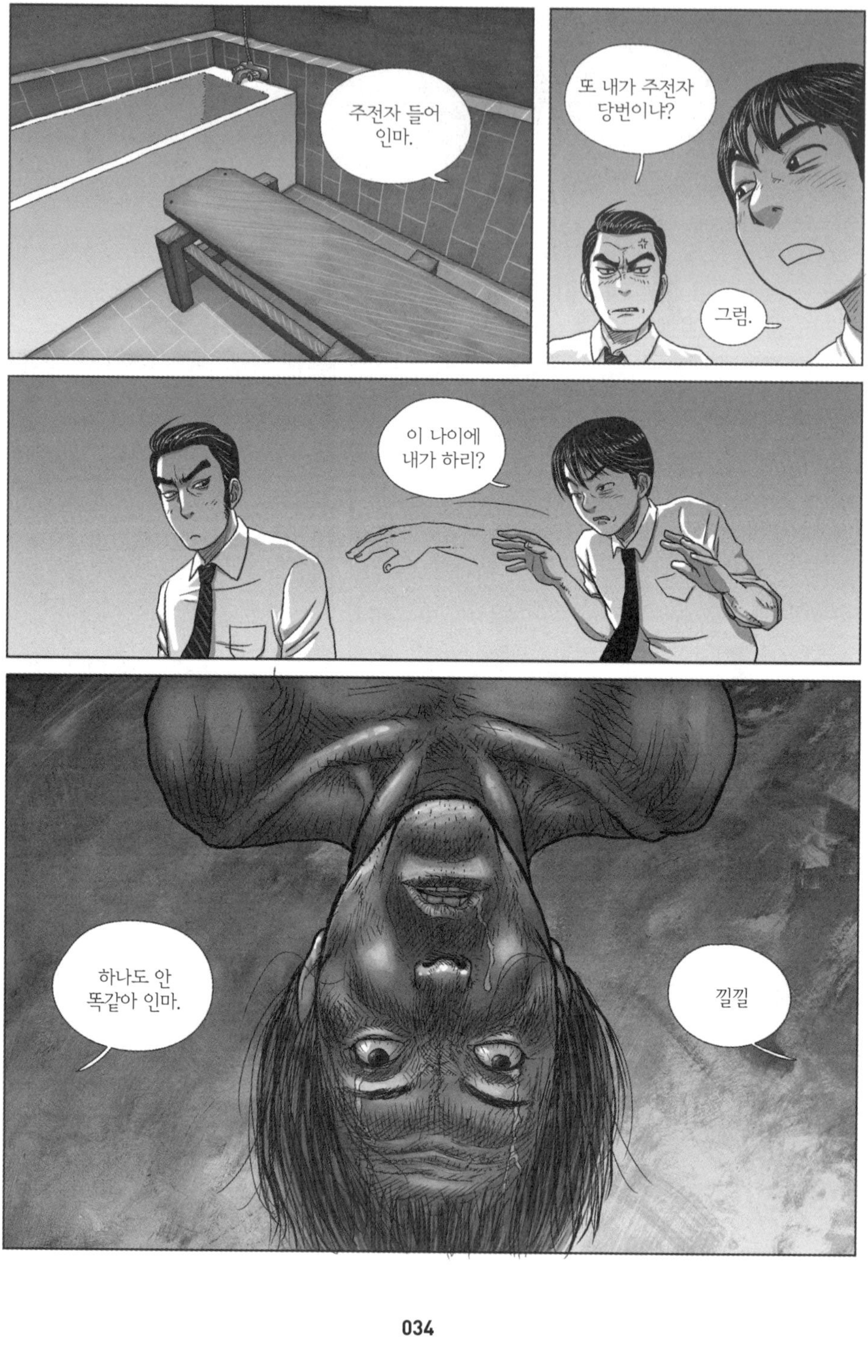

또 내가 주전자
당번이냐?
그럼.

이 나이에
내가 하리?

하나도 안
똑같아 인마.
낄낄

1987년 남산
아 이거
쑥스럽구먼~

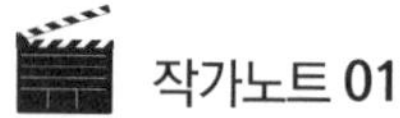

아침조회하는 중학생들 그리기

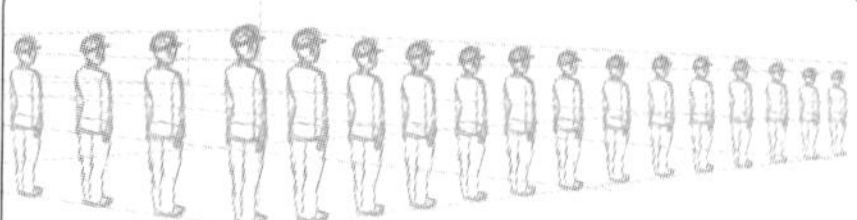

1. 한 명만 그려서 복사합니다.

2. 거기에다 조금씩 다르게 학생들을 그립니다.

3. 앞 줄의 학생들을 복사해서 뒷줄에 붙입니다.

4. 반복합니다.

5. 투시에 안 맞는 부분 수정하고 몇몇은 안경을 씌웁니다.

6. 배경을 넣습니다. 완성.

종로구청

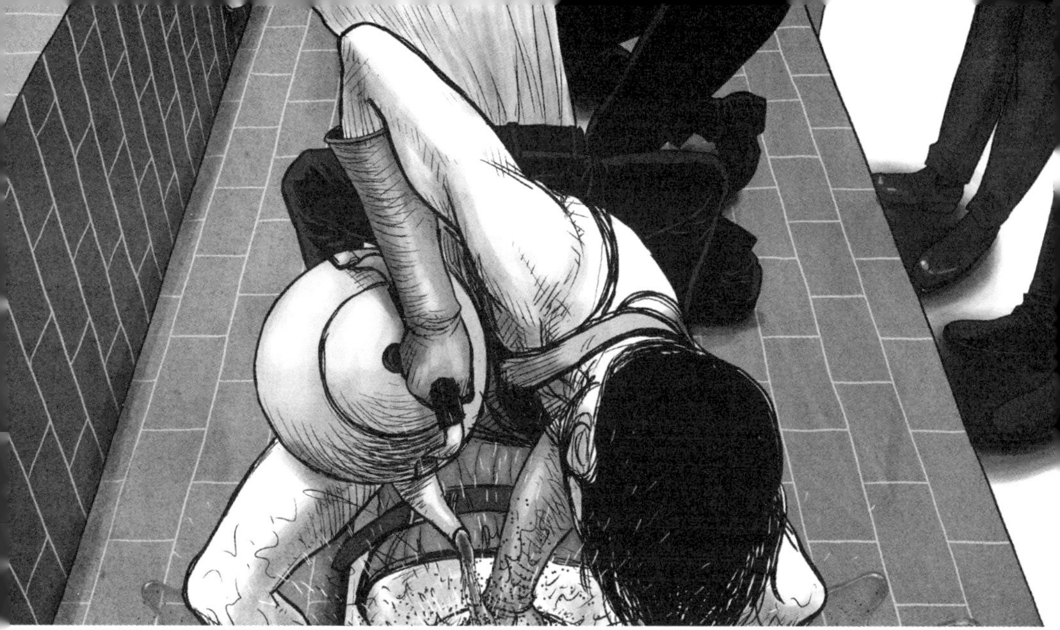

1부

서울은 달이 밝다

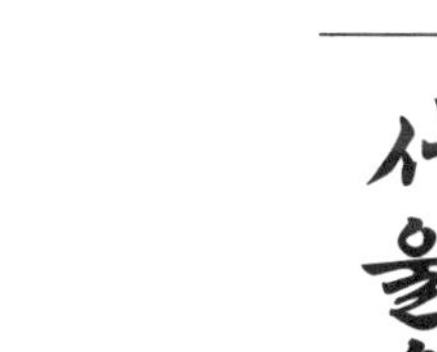

스님.

잘 계셨습니까?

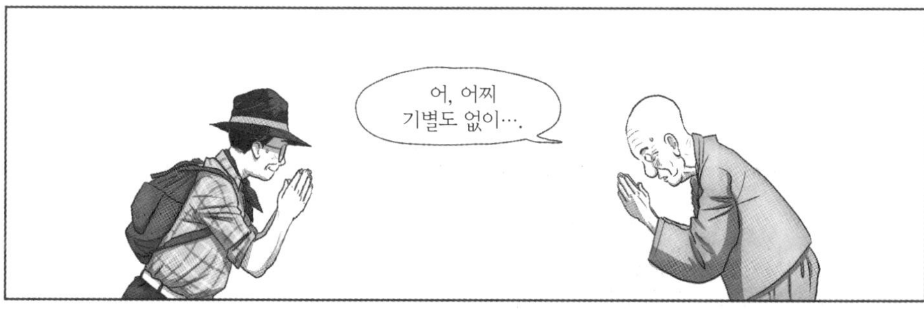
어, 어찌
기별도 없이….

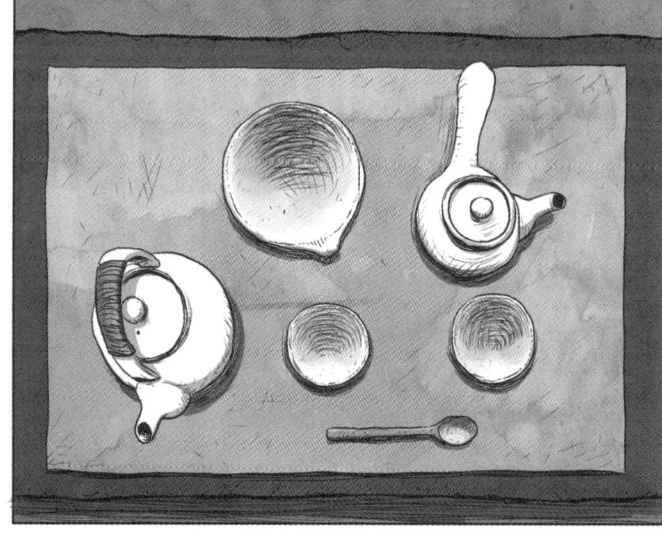

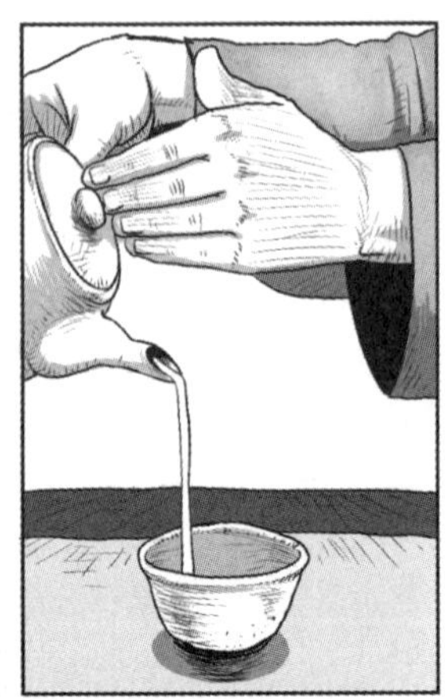

허허
역시 녹차는

당최 뭔
맛인지….

참 좋지 않습니까.
한 잔의 차와 이 고요함.

목은 이색은
이런 서정을
이렇게
노래했지요.

작은 병에 샘물을 길어 깨어진
솥에 노아(露芽)차를 달이네.
귀가 갑자기 밝아지고 코로는
다향(茶香)을 맡네. 문득 눈을
가리운 편견이 없어지니….

허허

이제 뭐 진짜
스님이라고 해도
믿겠습니다.
허허허

그…
그런가요?

그래. 오늘 제가 받아 갈 선물은 무엇일까요?
탁

저… 이번에도 이런 말 드리기가 적잖이 송구한데, 이게 좀 뭐라고 해야 될까…

북에서는 여전히 지령 하달이 뜸하고, 또 그러다 보니 공작원들 움직임도 영 없는 것이….

허허 그거야 뭐 어디 하루 이틀 된 이야기입니까? 그렇다고 설마 지난번처럼 저를 빈손으로 보내실 생각은 아니시겠지요.
아… 그게 참.

스님… 아니, 노선생. 자유 대한이 선생을 하해와 같은 마음으로 품어주었는데.
어째서 선생께서는 그 마음을 이렇게 하찮게 여기시는지 참으로 섭섭합니다.

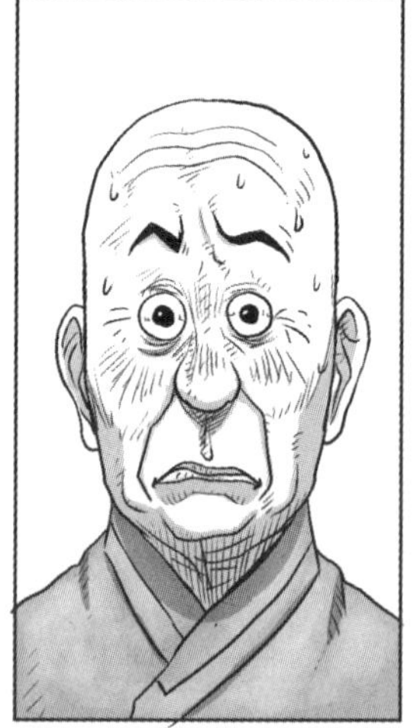

하… 하찮게 여기다니요.
그럴 리가 있겠습니까!

평생을 김일성이의
사탕발림에 놀아나던 저를
이렇게 자유로운 세상으로
꺼내주신 장실장님께

저는 평생…
죽을 때까지 이 한
몸 바칠 생각이 있는
사람입니다.

사실 드릴 만한
선물이, 아주 작은
게 있긴 한데… 이게
어떻게… 좀… 도움이
되실지.

어디 한번
들어봅시다.

엊그제 뒷간에
앉았다가 문득 기억이
난 건데.

제가 남파되기 직전이니까 6년 전쯤일라나…

개성 시당에 파견되어 근무할 때, 이웃에 '우순녀'라고 여교사가 하나 살았지요.
그 여자 남편이 남조선에서 혁명 활동을 하고 있다는 소문이 있었는데…

얼핏 기억이 나는 것이, 개성 출신에다 한쪽 눈이 애꾸라고 했습니다.

쭉

이상입니다.

그게
다… 라고요?

네, 이상입니…

뻑
뻑

개성 출신 애꾸눈이
간첩이라더라… 는 게
지금 저한테 주시는
정보라고요?
꾹
꾹

어이…
량강1호.

대한민국이
우스워?

봄바람 분다고 장독대 꽃 피나
찬바람 분다고 물동이 깰까
종합수리
담배
포포 포
주류일체
부라보콘

동네 아이들 노는 소리
앞집 아저씨 너털웃음
한지붕세가족

우유 하나랑
짜파게티 두 개 줘요.
담장 넘어 골목을
지나 하늘 높아만 가네

지난번에 짜파게티 달랬더니
집에 가서 보니 뭐? 짜…
뭐더라?

즈아연스럽게
짜짜로니~
테레비 안 봐?
아이씨…
나 올림픽 공식 지정 라면
아니면 안 먹는데.
톡
톡
MILK
짜파게티

에이~
똑같은 거예요.
그거나 그거나.

글고 일요일엔 짜파게티지!
장사한다는 양반이… 아이씨
이건 또 왜 이렇게 안 돼.
아유 알았어
알았어. 이건
짜파게티 맞아요.
꾹
MILK
한양우유

말하는 싹퉁머리하고는,
콱 엎혀서 줄똥이나 싸라.
이놈아.
쭉

아유 그만 좀 해!
대지다방
TEL 00-1234
COFFEE
COFFEE
COFFEE SHOP
선일

야, 희지야! 너 어떻게 나한테 이럴 수가 있니. 그러지 말고… 함 주라!

아, 어딜 만져! 아유 이 오라버니가 일요일 아침부터 증말!

쌍! 너 진짜, 내가 너한테 지금껏, 응? 퍼다 준 게 얼만데.
아이구 이걸 그냥 확!
어쭈, 이러다 치겠다?
COFFEE SHOP
돼지다방
00-1234

저기요~ 아저씨.

여기 이상한 사람이 때리려고 해요. 도와주세요.

어이, 거 형씨!
댓바람부터 술주정 부리지
말고 집에 가서 발 닦고
잠이나 자쇼!

아니, 그게 아니라… 내가
요거한테 그동안 들인 공이
얼만데 한 번을 안 주네 그래.
열받을 만하잖아요.
안 그래요?

아니 상식적으로다가
티켓을 끊으면…
아~ 진짜! 난 그거
안 한다고 몇 번을
말해야 알아듣냐?

야 이년아! 안 할
거면 맨날 티켓은
왜 끊으래!
스테끼는
왜 처먹어!
어머 근데
이 오라버니
잘생겼다….

오라버니 들어
가서 커피 한잔 먹고
가요. 특별 서비스로다가
모실게.

삐삐
삐삐
삐삐

어머 어머
무슨 무전기가
이렇게 작아?

무전기 신기한
기념으로다가 들어가서
커피 한잔?
아니 아니 괜찮아.
가봐야 돼.

그럼 나중에 오면
희지를 찾아요~
톡

그러지 말고 희지야.
딱 한 번만.
아, 좀!

따르릉

그래 만수야.

형님, 배달 많이 밀렸어. 언제 올 거예요?

얼마나 돼?

좀 많아요.
이거 이거 밀수쟁이가 왜 이리 느긋할까.

*조총련 : 재일본 조선인 총연합회. 재일 교포 중 조선민주주의인민공화국에 강한 소속감을 갖는 사람들의 조직.

아, 그럼.
당연하지. 형님이 일
맡아준 거 조사장도
고맙게 생각하고
있어요.

너 근데, 그
조사장하고는 너무
친하게 지내지 마.

총련계
놈들이랑은 깊게
엮여서 좋을 거
하나도 없어. 알지?

아유, 알지.
걱정 마셔.

여튼 조만간에
봐요.

꾸웨액

우우우

에이리언 2
용형호제
7日間의 사랑
스타워즈 3
플래툰
호수매
우웅

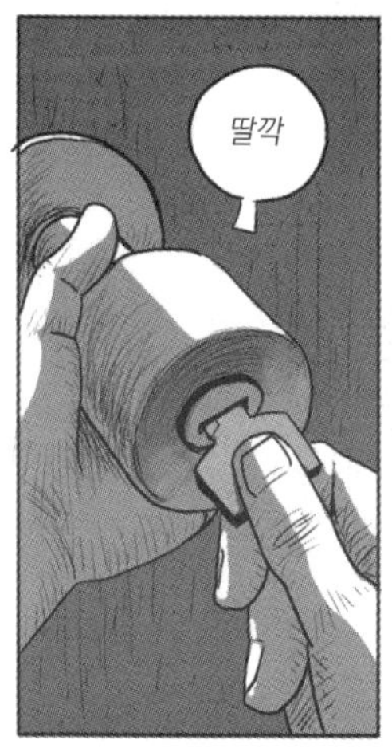
딸깍

한주영 씨?

네,
그런데… 누구?

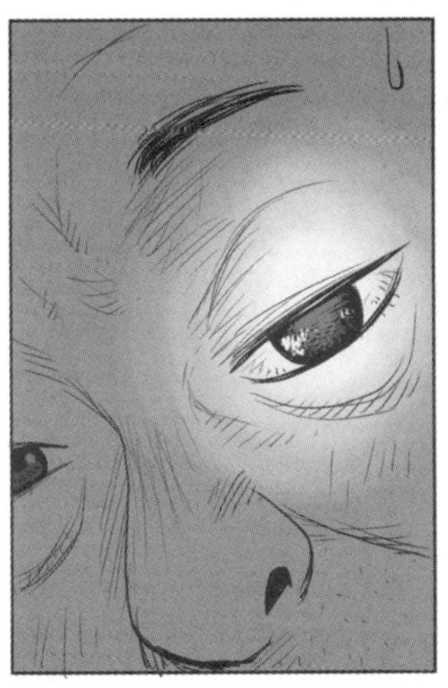

계장님,
의안 맞죠?

같이 좀
가주셔야겠습니다.

잘못했습니다!

엥 뭐야…
뭐가 이렇게
쉬워?
잘못했습니다!
한 번만 봐주세요!
한 번만!

죄송합니다. 처자식 멕여
살리려다 보니… 불법인 거
압니다! 다시는 안 하겠습니다!
테이프 싹 갖다 버리겠습니다.
한 번만 용서해주세요.

한주영. 너
'우순녀'라고 알어?

우…
우순녀요?
네, 네,
아는데… 요?

거봐! 내가
뭐랬어!
오케이!
맞네 맞아!

잠바 벗어.

이 새끼 어떻게
찾았어요?
개성 실향민 쪽으로 좀
뒤져봤더니 애꾸가 딱
하나 걸리더라고!

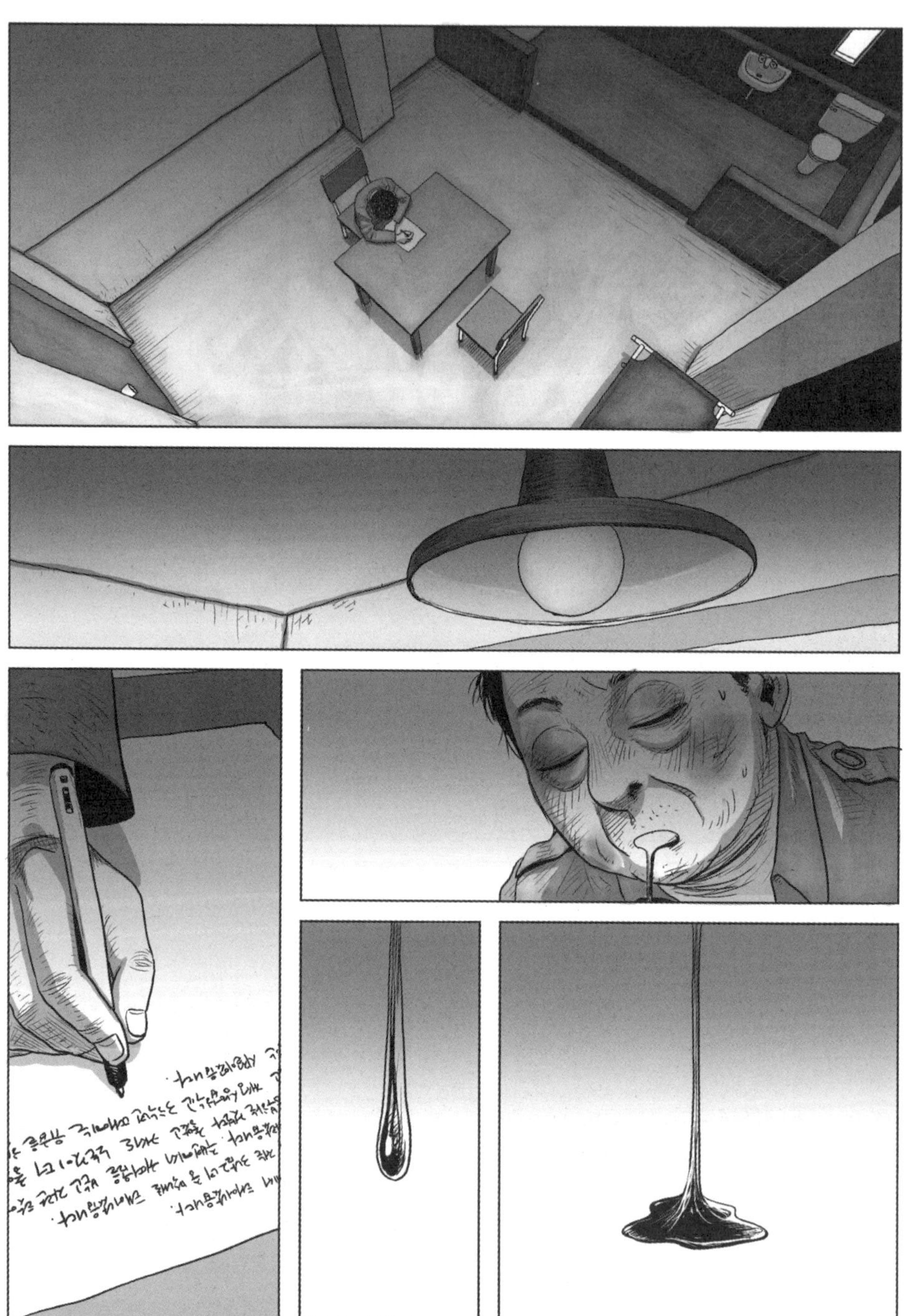

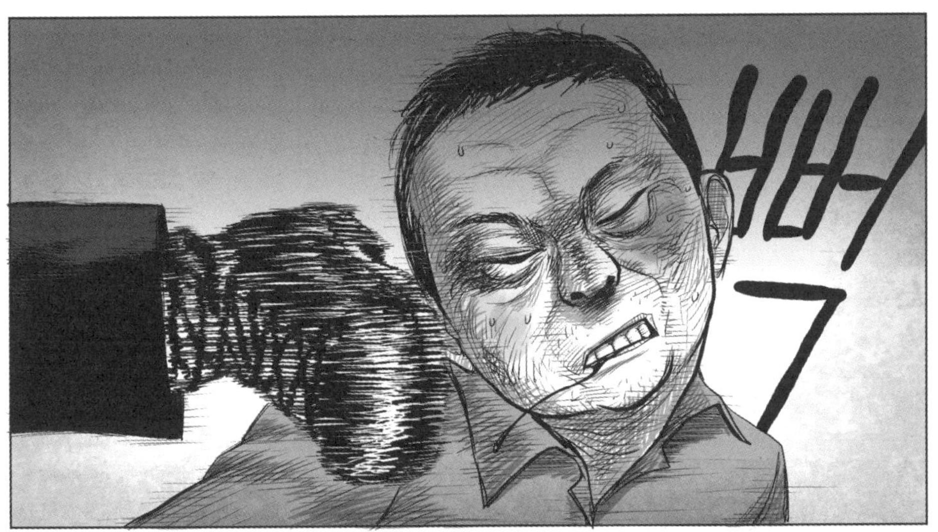
빠
ㄱ

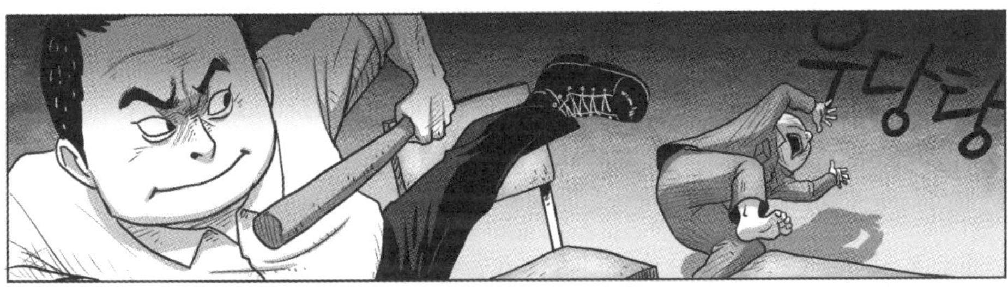
우당탕

으어어어어…

안 일어나?

잠이 온다 이거지?

손바닥 내밀어.

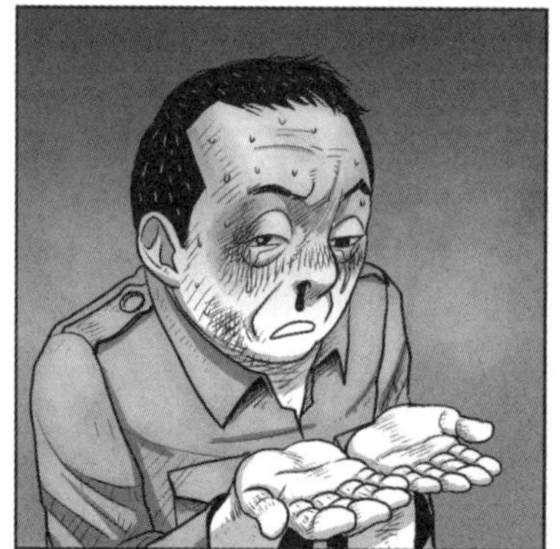

똑바로 펴. 손가락 아작 나기 싫으면.
툭툭

한주영 씨 지금 그렇게 푹 주무시면 안 되고요.

태어나서 지금까지 살아온 인생을 좀 빨리 적어달라고요.
언제 몇 시 몇 분 몇 초에 설사똥을 쌌는지 된똥을 쌌는지까지 하나도 빠짐없이 다!
빡 빡 빡 빡

전쟁통에 월남한 가족을 찾아 1953년 대남 공작원에 자원, 남파되었고.
곧바로 자수를 해시 집행유예 2년 받고 풀려나고.
현재는 비디오테이프 불법 복제로 생계유지.

특별히 눈에 띄는 건 없구먼.
네.

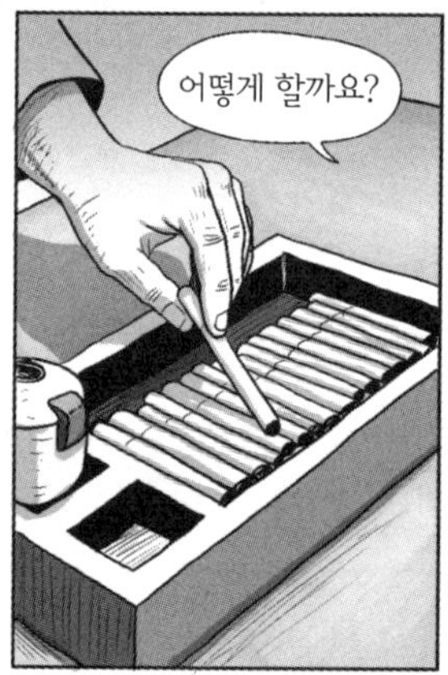

*CIC : 국군기무사령부의 1950년 창설 당시 명칭.

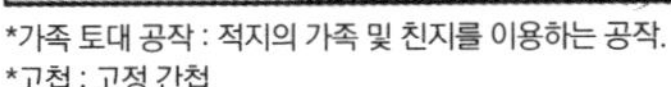

*가족 토대 공작 : 적지의 가족 및 친지를 이용하는 공작.
*고첩 : 고정 간첩.

암호명.

암호명… 이라니요.
저한테 무슨
암호명이….

우순남.

우순녀의 남자,
우순남!
어때?
암호명은
우… 순… 남.

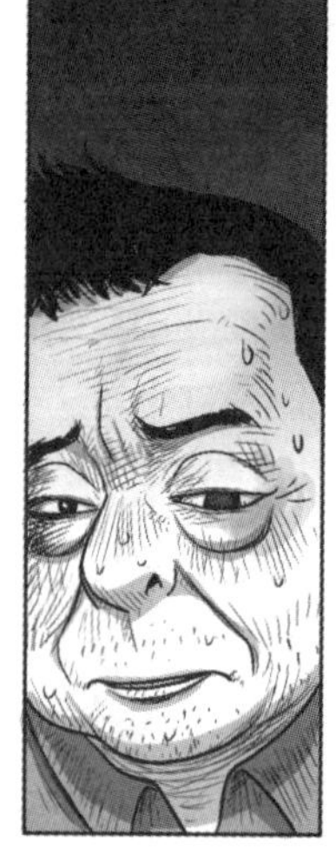

당증 번호.

저… 정말 그런 거 없습니다.
없는 걸 어떻게….

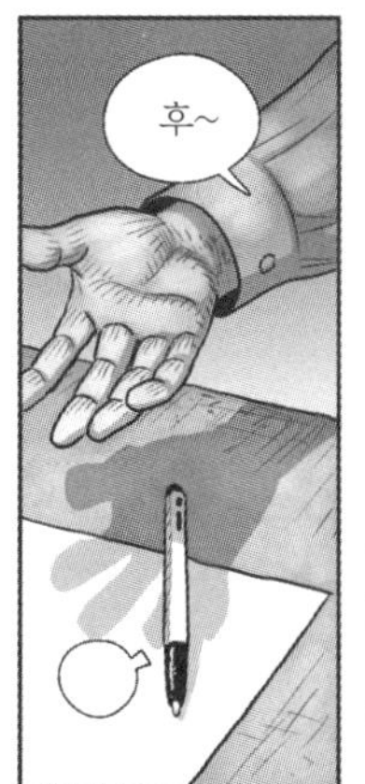

후~

엎드려.

악!
악!
악!
악!
악!
악!
빠박 박 빡박 빡 박 빡 빡 박

정 안 떠오르면
생년월일 뭐 그런
거 있잖아.
그런 걸로
한번 해봐.

으흐흐흐흑

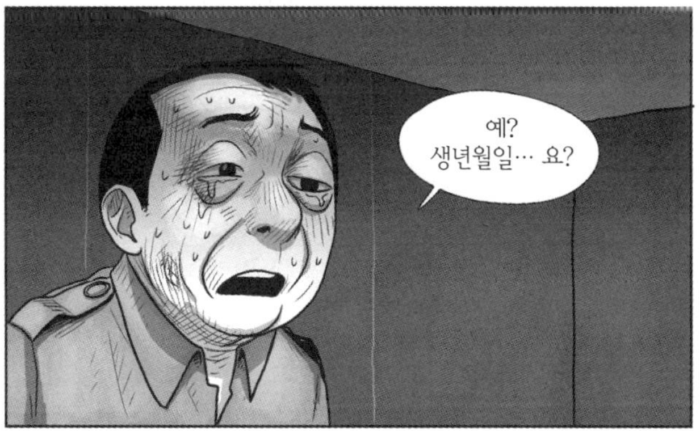

예?
생년월일… 요?

3…1…0502…

당증 번호는 일곱 자리다.
하나가 모자란다.

8로 하겠습니다!

8은 뭐야?
그, 글쎄요…
그냥 뭐, 방금 제가 여덟
대를 맞았으니까….

3105028
오케이.

에… 또…
암호 전문은 몇
호를 써서 공작금을
받으셨나요?

…3105호?

장난하나….

28호?
502호?
31호?
315호?
31528호?

이 새끼가!
뻐벅

이 새끼 이거
어리숙한 척하면서
완전 독종이네!

아니,
정말 그게
아니라….

7

7! 7호 전문이요!

잘 하면서.
말로 할 때 좀 제대로 하자. 소새끼도 아니고 꼭 얻어맞아야 되냐?

공작에 사용한 드보크는 어디야?

죄송합니다. 제가 정말 몰라서 그러는데요… 흑흑 드… 그게 뭔지 좀…. 흑흑

거… 간첩들끼리 물건 주고받고 할려고, 어? 산에 가서 땅 파고! 거기에 묻고 그러잖아.
알면서, 씨!

부, 북한산 선바위 밑이요!
옳지!

근데 선바위 밑이라고 해버리면 좆나게 넓어! 너무 막연하잖아!
그렇지.

구체적으로 해. 구체적으로.
예를 들면 뭐 선바위 제사상 밑이라든지.

제사상 밑이요!

우리 이용전
000 - 1234

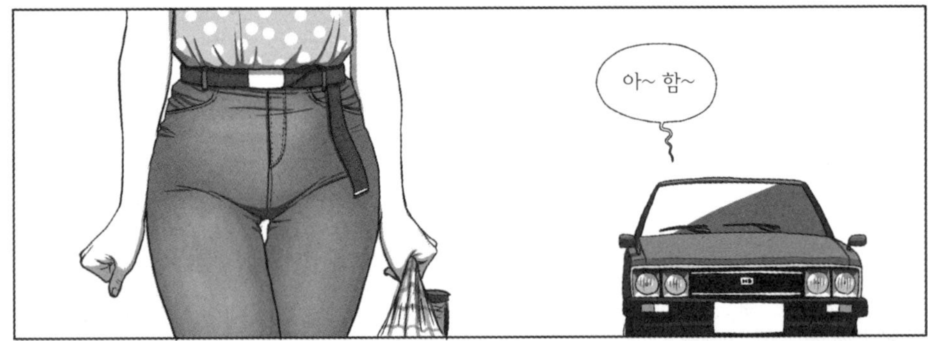

아~ 함~

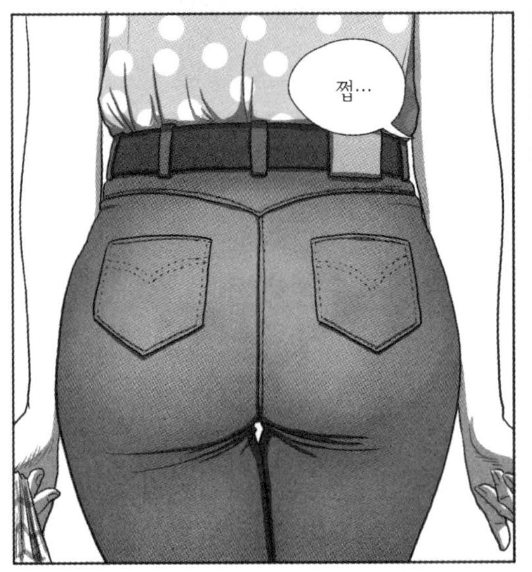

쩝…

오?

전기공사

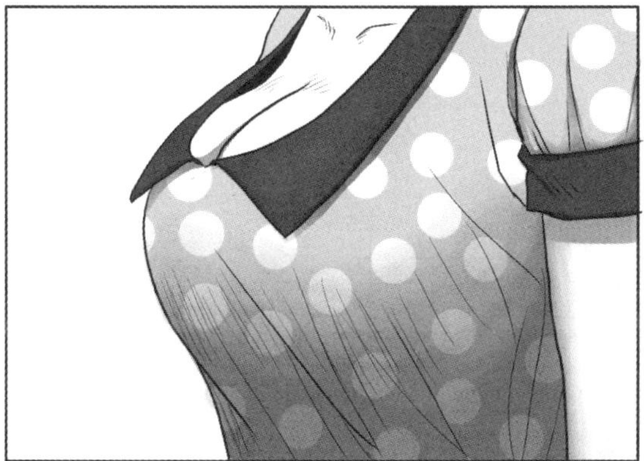

쿠
훙

어디서 봤더라?
똥짜바리를 아작
내놓고 그깟 푼돈으로
퉁치겠다고!
이 양반이 내가
누군 줄 알고.

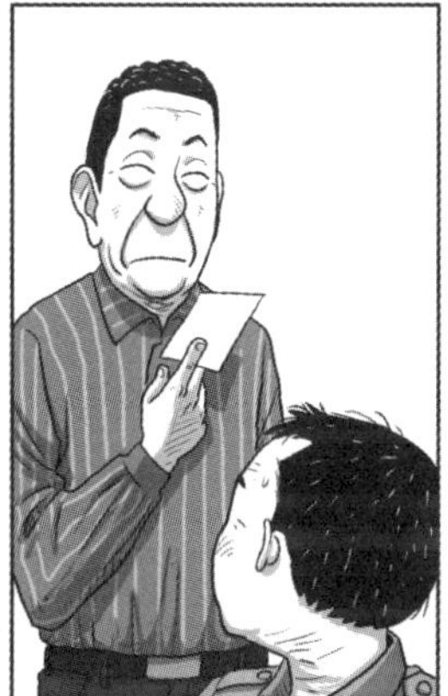

툭

쿵

우성여관

슥

딸깍

어?

이게
여깄었네?

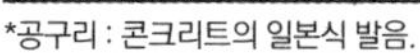
*공구리 : 콘크리트의 일본식 발음.

아… 이거 실장님 보고까지 다 한 건데….

야, 한주영이! 너 나 엿 먹이려고 일부러 이러는 거지!
아닙니다. 그럴 리가요!

생각해보니깐 그, 그 제사상 우측으로…

10미터 아니 아니, 20미터 지점에….

진작 그래야지.

너 진짜, 재판 때 이런 거 나오면 너랑 나랑 같이 죽는 거다. 아주 그냥.

퉤퉤

그해 9월 20일에 조석돌을 만나 둘이서 반국가단체 찬양을 목적으로 간 곳이 어디야?

아, 그… 어디더라? 그…

이 여관 본 적 있어? 없어?

아! 본 적 있어요.
기억납니다.
여기예요. 우성여관!

끼익

우대리님, 이거 좀 같이 받아주세요.

저도 같이
들겠습니다.

저 양반, 저게 뭔지나
알고…
일반인들이야
칠성판 모르지.

어때, 진도
좀 나갔어?

아 이 새끼 이거, 멍청한
척하면서 엄청 개겨요.

그러니깐 빨갱이
새끼들은 봐주면 안 돼.

우리 박계장님
오셨으니까.

진도 좀 확확
빼자고, 한주영 씨.

촤
아
1000ml

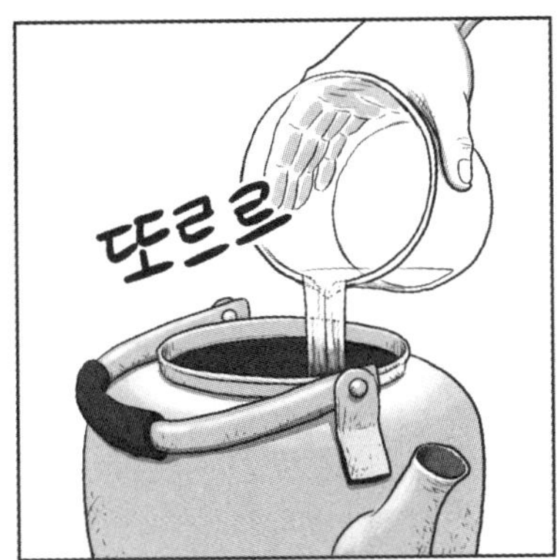
또르르

고추가루
Maxwell
House

한주영! 올해 몇 살이야?
쉰여섯입니다.
호흡기 질환 같은 거 있어?
없는데요.

쉰여섯이면….

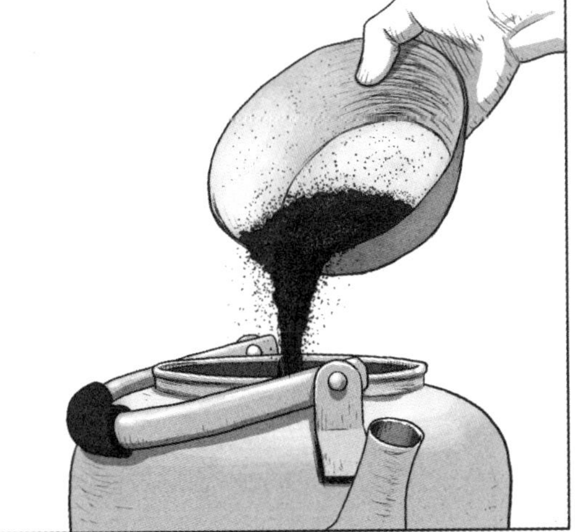

자… 그럼.
까득
시작하자고.

옷 벗고 저기 누워!
그러게 나랑 할 때 잘하지!
괜찮아, 안 죽어.

자… 잘못했습니다!
용서해주세요!

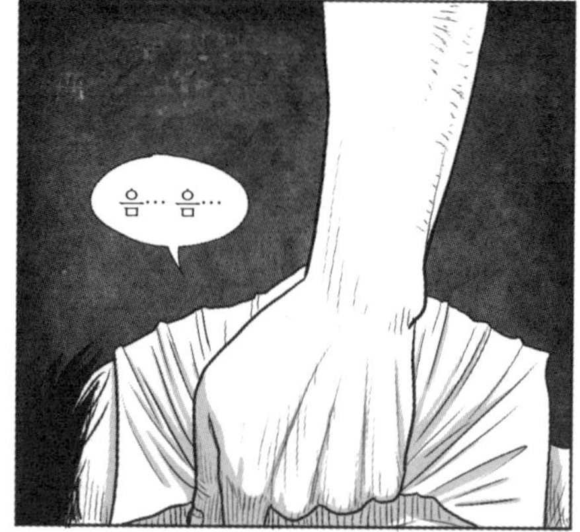

음… 음…

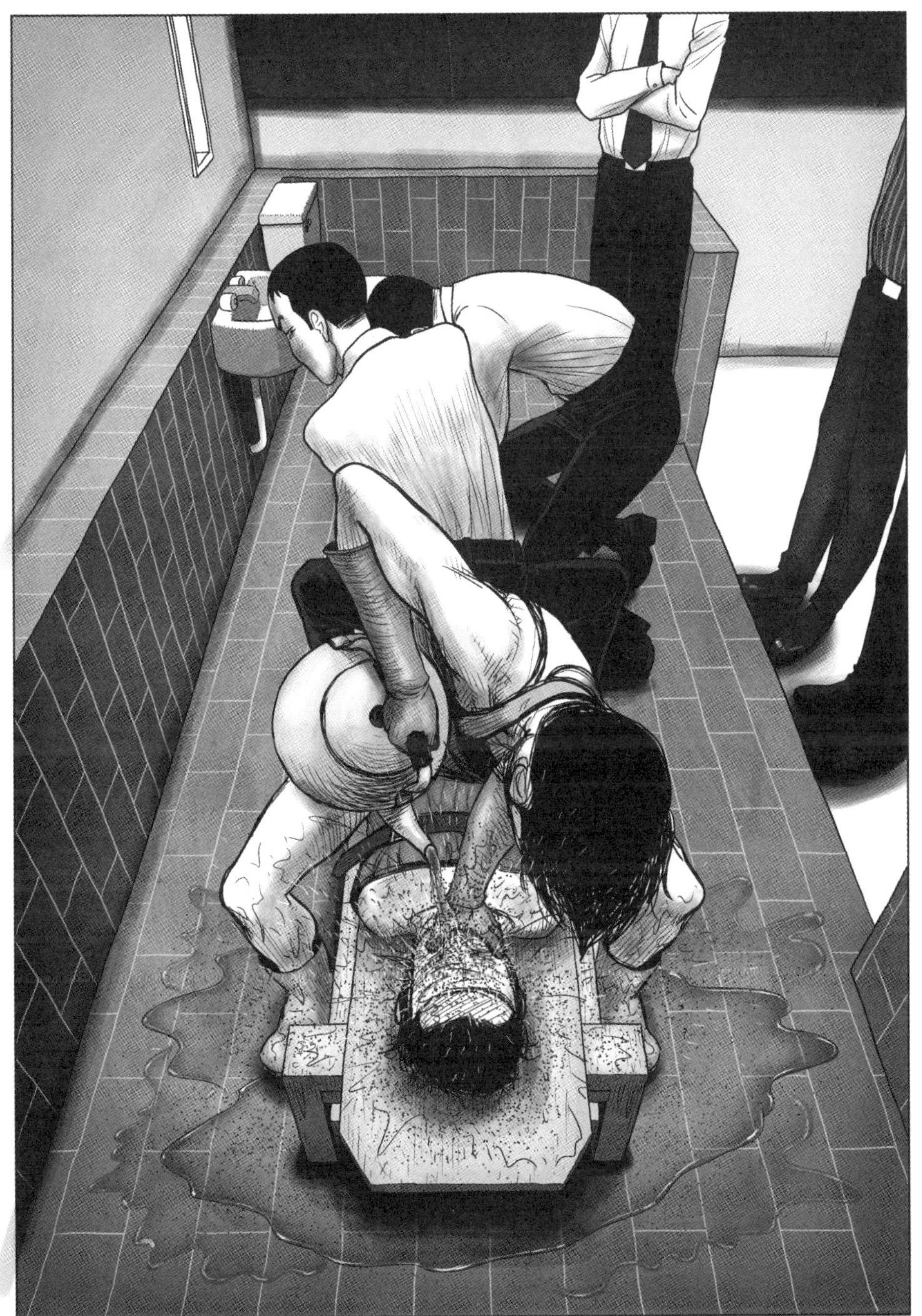

다시 말해봐.
송종태하고 뭘 했다고?

예! 1985년 1월 4일 재일 한국… 동맹….
재일 한국 학생 동맹!

재일 한국 학생 동맹 소속 재일 교포 유학생 송종태에게 봉천동 소재 보신탕집에서 음주 중
반국가단체인 북괴를 고무 찬양 선전하고, 4월 10일에 서해안을 통해 해주항으로…

동반 월북…

으흐흐흑

했습니다…

울어? 시벌, 검사 앞에 가서도 그렇게 울 거야?

송종태와는 어떻게 알게 된 사이라고?

이 새끼가….
그… 그건 그건, 어…

저희 비디오 공장에 일하러 온 송종태는…

일본에서 온 유학생씩이나 되는 놈이 왜 거기서 일을 해 이 새끼야!
됐어 됐어.

송종태 자료가 너무 부족해.
아무래도 일본 출장 한 번 갔다 와야겠어.

이런 부분은 대충 맞추면 될 거 같은데요?

이 양반 봐라. 이래 갖고 제대로 된 조서 나오겠어?
귀찮아도 한 번 갔다 오는 게 일이 쉬워.

어이, 한주영! 송종태 아버지 직업이 뭐야?

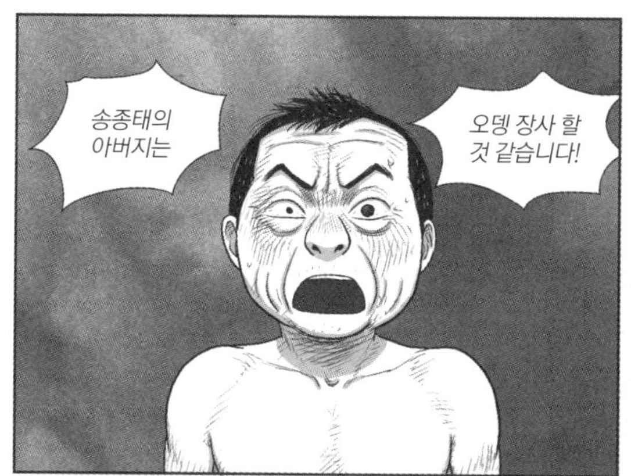

송종태의
아버지는
오뎅 장사 할
것 같습니다!

아무래도
일본이니깐…

허허
시벌….
되겠어?
이래 갖구?

와리바시 공장
오야지라고 하지 왜!

다시, 다시 하겠습니다!
송종태의 아버지는
와리바시 공장…
으아아아아

만수냐?
나다.

출장 잡혔다.
조사장한테 물건
바로 대기시키라고 해.

금요일, 17일.
나리타 공항, 3시 반.

그래. 인마. 억지로
출장 만든다고 어거지
좀 썼다.

걱정 마. 이 박도훈이가
움직인다는데 누가
토를 달아?

오랜만에 함께
저녁 먹자 하고선

기껏 이런 보리밥이나
산다고 속으로 나 욕하는
건 아니지? 허허

할매
보리밥

강진닭동

아니에요, 실장님.
저 보리밥 좋아합니다.

난 말이다….

흥청망청 해이해진
요즘 우리 사회를 보면

그 지긋지긋한 보릿고개에서
벗어난 지가 십수 년도 안
되었다는 걸

모두들 잊은 게
아닌가 싶다.

W.C.

그래서 우리 같은 나라의 녹을 먹고 사는 사람들이라도 이 보리밥을 가끔씩 먹으면서 다시는 그 힘든 시절이 오지 않게….
네. 새겨듣겠습니다.

이런 속도 모르고 여기저기서 자꾸 서구 선진국들의 민주화 사례를 들먹이면서 나라를 들쑤시는데 민주화가 좋은 거 누가 몰라?

그런 식의 선진적인 민주화를 하기엔 지금의 우리 국민들의 의식 수준이 아직 한참 부족하다는 것을 왜 생각들을 안 하는지. 쯧쯧…

도훈아, 명심해라.

국민이 정치에 관여해서 목소리 높이는 나라는 희망이 없다.

공무는 나랏일을 맡은 사람들에게 믿고 맡겨놓고, 국민들은 그저 자신의 자리를 묵묵히 지키며
주어진 과업에 최선을 다할 때 그 나라의 미래가 있는 거야.

도도하게 흐르는 이 장대한 역사의 큰 흐름 속에서
우리 공복들은 항시 국민을 섬기는 마음으로…

아 이놈아! 애 밥맛 떨어져! 대통령 출마할 거여?

그만 씨부리고 얼른 처먹어!

이 양반이 미쳤나! 얻다 대고 욕지거리야!
이분이 누군 줄 알기

뭐야!
이놈이 어디 할미한테!

죄송합니다 손님.
욕을 하면 장사가 잘된다길래….

내일 현우 입국하는 건 알고 있지?
네. 술 한잔하기로 벌써 약속했습니다.

유학이라도 보내놓으면 좋은 환경에서 정신을 좀 차릴까 했었는데… 기어이 다시 기어 들어오겠다고.

저놈의 새끼, 사람 구실은 하도록 만들어놓는 게 내 가장 큰 숙제다….
최소한 남들에게 손가락질은 안 받고 살아야 할 거 아니냐.

그래도 도훈이 니 말은 따르는 것 같으니 니가 형 노릇을 좀 해다오.
엉뚱한 짓 하면 따끔하게 야단도 좀 치고 말이다.

걱정 마세요, 실장님.
저도 현우를 친동생처럼
생각하고 있어요.
현우도 저한테 많이
기대구요.

동생을 위해서
도움이 될 수 있는
건 뭐든 해야죠.
형이니까.

그래 고맙다.
이놈 자식이 너를
반만 닮았어도
좋았을 텐데….
아닙니다….

실장님,
현우에게로
좋은 점이 참 많아요.

예를 들면…

이런 씨발년이!!!

쌍년이 술맛 떨어지게…
돈 내면 될 거 아냐!

야! 씨발, 사장 오라 그래!

어?

이게 누구신가!

친구들도 같이 있는 줄 몰랐네?

새끼들아 빨리 인사해. 우리 형이야.

좆까 씹탱아. 니가 형이 어딨어.

저깄잖아 병신아.

형, 앉아 앉아.

여기는 미국에서 같이 공부하던 놈들.
인사해 새끼들아.

안녕하세요~ 딸랑딸랑~

야, 씨발, 똑바로 인사 안 해? 큭큭큭
깔깔깔
꺄르르
반갑습니다~ 한잔하고 가세요~ 딸랑딸랑~

큭큭 형이 이해 좀 해. 태어날 때부터 싸가지라는 걸 못 갖고 태어난 찐따 새끼들이야.

여기 계속 있을 거냐? 나랑 나가자.

뭘 나가?
얘들은 뭐 병신이야?

형 분위기 파악 못하는 건 여전해… 큭큭
실룩

그럼 나중에 따로 볼까?

왜요? 놀다 가세요.
너 얼굴이 좆같으니깐 우리랑 놀기 싫다고 그러시잖아!
저 새끼는 얼굴 자체가 그냥 좆이지 좆.

그러자. 나중에 다시 시간 내는 걸로 히지.

에이 씨발 그냥 앉아!

그래 놓고 아빠한테
또 이상한 소리 할려고
그러는 거잖아.

앙앙! 아빠한테는
꼰지르지 말아쮀요!
히히히히
출렁
출렁

깔깔깔깔
쯥쯥쯥

스~읍!

파하~

3

딸깍

저 형이 니네
집에 머슴 살았다는
그 형이지?

니네 아빠 앞에서만 좆나 살살거린다는?
생긴 것도 좆나 얍삽하게 생겼다. 큭큭

시벌, 내가 오늘 니 대신 손 좀 봐줘?
야! 씨발, 울 아빠가 하도 좋아하는 형이라서 나도 어떻게 못해.

저 형한테 개기면 나 아빠한테 카드 뺏겨.
오늘도 아빠가 하도 만나라고 해서 부른 거야.

시원하게 뺐으면 한잔 쭉 해.
난 됐어.

그거 좆나
비싼 술인데…

맨날 소주만 먹던 사람들은
줘도 맛도 몰라. 큭큭

니들 뭐하는
거냐?

뽀뽀하는데요?

유방 주물딱
하는데요?

에이~ 형, 하지 마.
쟤네들 아빠 누군 줄
모르지?

형 좆돼~
그만해.
큭큭

야! 전화 줘봐.
울 아빠한테 다
이를 거야.

어이, 너.
왜요?

에이, 씨발.

형~ 형처럼 좆나 잘났지만
가진 거라고는 부랄 두
쪽밖에 없는 사람은 이런
상황에서 좆같아도
참아야 돼~ 잘 알잖아.

가만히 있어.
가만히~
크크크
깔깔깔깔

아, 참!

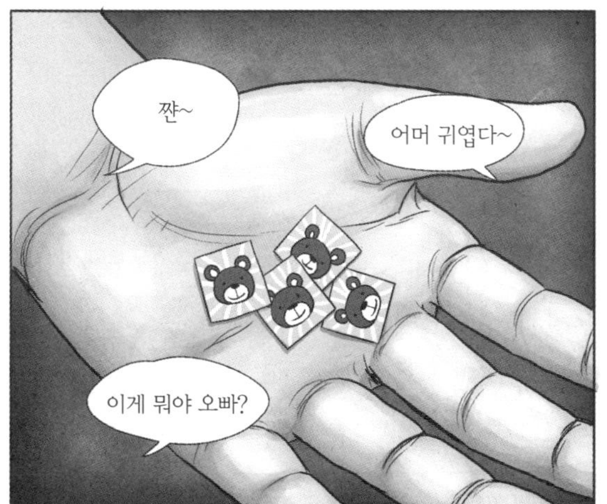

짠~
어머 귀엽다~
이게 뭐야 오빠?

이거 혀에 붙이고
20분만 딱 있어봐 봐.
죽어 죽어.

형도 하나
할래?

너 미쳤어?

어유, 괜찮아.
양키 새끼들은
맨날 해.

쫄긴.
깔깔깔

이거 아버지가 알면
어떻게 하실 거 같애?
어? 미쳤어?

아~ 씨발! 여기서 아빠가 왜 나와!

형 가! 같이 못 놀겠다.
뭐 뻑하면 아빠냐….
가!
가 좀!
큭큭큭

너 이거 오늘은 못 본 걸로 한다.
근데 한 번만 더 이러면 아버지께 보고 드리는 수밖에 없어.

다음번에는 친구들 없을 때 연락해.

아~ 예예. 빠이빠이~

장현우 개새끼야! 까불면 확 보고한다!
아빠, 다시는 안 그럴게. 우엥~

좆만 한
쓰레기
새끼가…

꼼
장
닭
똥

씨발, 아버지
잘 만나서는

실장님은
도대체 씨발
애새끼 교육을
뭐 저 따위로….

아유,
좀 그만해!

야~ 희지야~
희지야~
아! 왜 자꾸 불러!
쪽팔리게.
쌰

아저씨, 여기 닭발이랑 소주요~
아, 그러니까 시벌 내 말 못 알아들어?

한 번만 주라~ 아, 제발 한 번만~
주긴 뭘 줘….

자, 젓가락. 됐지?

아, 쫌… 진지하게~
한 번만 주라~

딱 한 번만 주면 또 달라고 안 그럴게.

아, 이 오라버니가 진짜! 쪽팔리게 뭘 자꾸 달래!

야, 진짜! 너, 내가 니네 가게에서 먹은 쌍화차, 어? 율무차, 인삼차가 몇 잔인 줄 알아?
내가 너 티켓 끊은 것만 해도 벌써, 응?

뭘 쳐다봐!
구경났어?
쿵

아, 왜 그래?

술 맛있게 드시고
시간 나실 때 우체국 맞은편
대지다방에 오셔서
희지를 찾으세요.
제가 서비스로다가 커피
한 잔씩 드리겠습니다
주지도 않는
년이 커피는….

오줌 후딱 싸고
올 테니깐 여기
딱 있어.

아유…
저 찐따.

거 웬만하면
한 번 줘라.

아, 이건 또 뭔
개소리야….

어! 이
오라버니.

내 가슴에 정신 못
차리다 박은 그 오빠네?

맞네
그 오빠.
요 앞 건널목에서 머리
까진 아저씨랑 박았잖아.
그 아저씨가 똥짜바리
아작 났다고 돈 더 달라고
막 그러고…

야!

어머머머 별꼴이야.
오빠들이 그렇게들 달라는데 왜 안 줘? 좀 줘!

근데 오빠는 잘생겨서 어떻게 한 번 줄 수도 있을 거 같기도 하고…

아… 그래?

우체국 알지? 그 맞은편에 보면 말야~

에이씨…

오줌통 좀 비우지. 바지 다 튀었네.
대지다방이라고 간판이…

뭐야? 이 분위기.

오빠.

나 이 오라버니 한 번 줄 거다?

뭐?!

아유, 오빠!
켁!
켁!

달석 오빠!
야, 달석아!
이 새끼가… 올림픽도 코앞인데 질서 의식이 뭐 이 따위야.
새치기할 걸 새치기해야지.
닭
징
어
꼼
꼬
치
장
어

선생님, 선생님 일단 이건 좀 놓고.
그냥 해본 소리야! 뻥이야 뻥!

뻥이라고? 그럼 나 먼저 주는 거야?

어? 아니 아니.
둘 다 안 주는 거지.
아, 그냥 둘 다 줘!

둘 다 주긴!!

야, 희지야, 그래도
일단은 내가 먼저
줄을 섰잖냐.

아우, 씨…
어머 어머, 터진 거 아냐?
꺼어어

아, 새끼… 별것도 아닌 게.

오빠.
왜?

퓍
우체국 앞 무슨 다방?
대지다방.
퍽

야, 근데 내가 지금 바쁜 일이 생겨서 가봐야 되거든. 꼭 갈게.
희지, 희지 알어.
약속했다. 주는 거다!
누굴 찾으라고?
서비스 줄게~
너 거기 서! 이 새끼야!

흐흐

꼭 준댔어…
흐흐흐

따르르르릉

뭐야…
어떤 미친놈이
이 시간에….
따르르르릉

여보세요?

어허허허허헝

여보세요?
형, 형이야?
형... 엉...

누... 누구?
현우냐?

왜 울어?
어어어엉
형, 씨발, 나 좆
된 거 같애.

빨리 와줘.
빨리. 씨발...
엉엉
어,
어디야 지금?

내 오피스텔.
엉엉
왜 울어 인마!
무슨 일이야!

나 좆됐어...
씨발...
죽은 거 같애
저 쌍년.
엉엉
개 같은 년...

뭐? 죽어? 누가!
아니 아니! 거기
꼼짝 말고 있어.
지금 바로 간다.

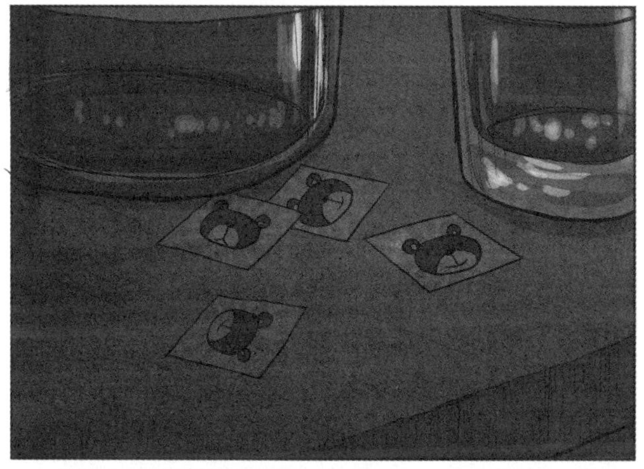
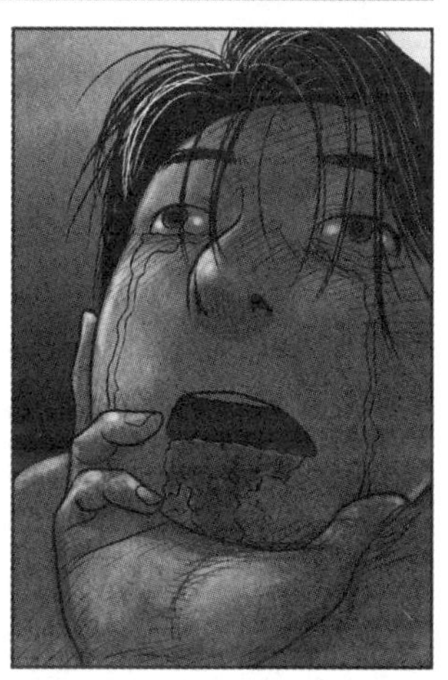
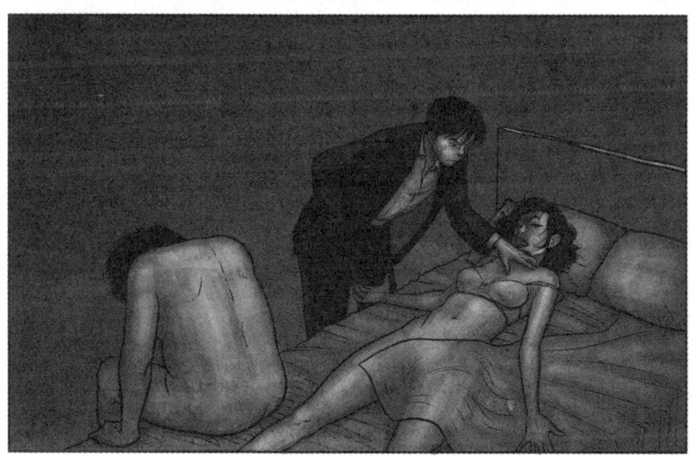

주었어.

야! 야! 장현우!
어떻게 된 거야!
탁
탁

엉엉… 아니 씨발,
내가 하나만 하라고
했는데… 엉엉

아빠 알면
카드 뺏기는데…
엉엉
저 미친년…
몇 개를 한 거야?
씨발, 머리 아파,
졸려 형…
엉엉
잘못했어요, 아빠…

야! 야! 장현우!
어떻게 된 거야!
쩍

장현우!
정신 차려!
니가 정신 차려야
내가 수습을 할 수
있어 이 새끼야!!

어어엉… 형…
나 어떻게 되는 거야,
씨발…
나 이제 엉엉
어떻게 해…

정신 차려!
어 형
정신 차릴게,
정신 차릴게.
아야! 씨발,
정신 차린다니깐!
고만 좀 때려,
이 새끼야!
엉엉엉
짝
짝
짝
짝
짝

엉엉…
아빠…

야! 장현우! 지금부터 내가 묻는 말에 또박또박 대답해!

이름!
장현우…

아버지 이름!
장세훈… 엉엉 잘못했어요 아빠. 엉엉엉

저 여자는 누구야?
몰라, 씨발 아까 나이트에서 만난 년인데… 이름이 뭐더라… 씨발, 몰라. 묻지 마 자꾸. 개새끼야… 엉엉

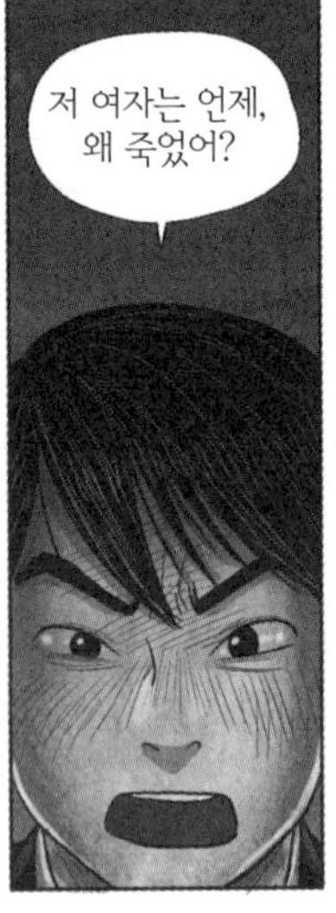

저 여자는 언제, 왜 죽었어?

언제더라… 아까… 아, 몰라 씨발 내가 블로터를 줬는데 하나만 하랬더니 몇 개를 한 거야 개 같은 년 엉엉엉 내가 죽인 거 아냐. 그냥 블로터만 줬어…

여기서 그랬던 거 맞지?
여기가 어디야?
어디긴 어디야, 씨발…
내 오피스텔이지….

정신 차리고
다시 말해.
이름.

장현우!
왜 자꾸 물어!
새끼야…

짝

니가 똑바로 말해야
내가 수습할 수 있어,
이 새끼야!
아버지 이름!

大雲閣
大雲閣
大雲閣

강원도 폐광이요?

그러니깐 실장님 말씀은… 강원도에 버려진 폐광을 카지노 관광단지로 개발한다는 겁니까?
그것도 내국인을 상대로요?

*사북사태(사북 노동항쟁, 사북사건) : 1980년 강원도 정선군 사북읍 동원탄좌에서 열악한 조건과 어용 노조에 반발한 광부 수천 명이 일으킨 대규모 유혈 시위.

쿡
쿡

우리 서북건설은 강원도 쪽에는 영 관심이 없으신가 봅니다?

어이쿠, 무슨 말씀이십니까.
토건개발사업은 언제나 경제를 살리는 법이지요.
나랏일에 보탬이 된다면 무슨 일인들 마다하겠습니까?

아시겠지만 저 고추 여물기 무섭게 허리에 칼 차고 빨갱이 잡으러 다니던 사람입니다. 허허허

그나저나…
제 자식 놈은 어떻게,
회사에 보탬이 되고
있는지 모르겠습니다.

옛말에 부랄하고 자식은
짐스러운 줄 모른다고 하지만,
행여나 나랏일에 누가 되는 건 아닌지
한시도 마음이 놓이질 않습니다.

대한이에 관한 걱정이시라면
마음 푹 놓으셔도 됩니다.

회사에서 일등으로
근면하고 성실한 요원임을
아무도 부정하지 않을
겁니다.

이놈이 누굴 닮았는지
어릴 때부터 워낙에 유도리가
없고 고지식합니다.
실장님이 사람
좀 만들어주십시오.

저희 조직에서는 원리 원칙이 가장 중요하지요.
그런 점에서 대한이는 최고의 요원입니다.

마음 푹 놓으시고 대한이는 저에게 맡겨주시고 우리 김회장님은 그저 나라 걱정만 해주십시오. 하하하
허허허 그럼 염치없지만 잘 부탁드리겠습니다.

허허… 어쨌거나 이번 대선이야말로 위기의 대선 아니겠습니까?

3김의 움직임이 심상치 않은 데다 우리 측 후보가 생각보다 약세라….
그 강원도 카지노 말입니다.

정말 저에게 주신다고 약속하실 수 있으십니까?

허허허 약속… 이요?

어떻게 사람 시늉이라도 할까
하고 미국까지 공부 보내놨더니
그따위 더러운 걸 배워 와!!

도대체 너는 생각이라는 게
있는 놈이냐!

어떻게 그런 짓을 할 수가
있어! 니가 그러고도
사람 새끼야!

빠버

빠버

뻑

아빠 잘못했어요

다시는 안 그럴게요.

아빠…
용서해주세요…
어어어어엉

뒤처리는
어떻게 했냐?

시신은 잘
처리했습니다.
흔적이나 목격자는
없습니다.

아들 3형제면
도둑놈 보고 웃지
말라더니.
내 자식이 사람을
죽이다니….

후…

도훈아.
네,
실장님.

새끼가 천벌받을 짓을 해도, 그걸 또 감싸줘야 하는 게 부모의 일이다.

아무리 천하의 개망나니 자식새끼라도 인생 종치는 걸 보고 있을 부모는 없을 거다.

날 받아놓고 죽는 놈 없다.
무덤까지 갖고 가자.
이 일!!

절대 입 밖에 내지 않겠습니다.
목숨 걸고 무덤까지 가져가겠습니다.

그리고 도훈아. 너에게는 늘 미안하다.
네?

그간 내 딴에는 너에게 잘한다고 했는데 너 나름대로는 또 이리저리 서운한 게 많았을 거다.

아… 아닙니다. 그런 거 없습니다.

넌 오늘부터 내 큰아들이다. 앞으로는 정말 아비 된 마음으로 널 대하마.
너도 날 아버지라 생각해다오.
제… 제가 어떻게….

아니다 아니야. 진작에 이랬어야 하는데…
앞으로 사석에서는 아버지라고 부르거라.
그리고…

현우는 이제 하나뿐인 니 동생이다.
동생을 지켜주는 형이 되어다오.

무한반복

추돌사고

2부

사랑과 야망

*복선 포식(複線包植) : 특정 지역 내에 서로의 존재를 알지 못하는 조직을 두 개 이상 만드는 것. 이렇게 하면 한 조직이 와해되어도 다른 조직이 영향을 받지 않고 공작을 할 수 있다.

하지만 광명산은
자금책이라는 임무의 특성상…
수도권 대남 공작망의
전체 틀을 알고 있다.

바로 그렇습니다.
그래서 광명산 하나를
검거하면 수도권 전체 지하당을
소탕할 수 있다는 얘기지요.

허,
그렇구만…
근데, 노선생께서는
광명산의 소재를 전혀
알지 못하시는 겁니까?

광명산과 제가 당 서열이
높은 지도공작원이기고는
하지만 우리 역시 복선 포식
형태로 관리되고 있지요.
광명산 또한 저의
존재를 모르고 있을
겁니다.

하지만 영 방법이
없지는 않지요. 하하

*A3통신 : AM라디오의 암호화된 난수 방송을 통해 공작원에게 지령을 보내는 통신 방법.

그래. 내일 오전 비행기로 갈 거야.
물건 바로 준비해놔.

빠~ 알리 달려오슈. 물건은 바로 대령할 테니깐.

아, 근데 형. 일본 들어오면 저녁에 잠깐만 시간 좀 내주라.
왜?

조사장님이 형을 한 번 만나게 해달라고 그렇게 부탁을 하는데….

얀마, 내가 조사장을 왜 만나! 내가 총련 쪽 놈들은 안 만난다고 했어, 안 했어?

알지 알지.
근데 진짜 중요한 일로 꼭 의논을 하고 싶대요.

어쩌나, 비즈니스 상대가 저렇게 부탁을 하는데.

형. 조사장님 눈치를 슬쩍 보니깐… 큰 거야 이거.

이런 거 있을 때 먹어야지. 안 그래?

아… 씨…

딱 30분만이다.

오케이. 오케이. 염려 붙들어 매셔.

툭

…

야, 도훈아. 너 일본 언제 들어가?

내일. 왜?
너 거기 정보원 많을 테니까 부탁 하나 하자.

여기 총련계 기업 리스트 중에 한국 기업이랑 거래선이 있는 기업 좀 파악해줘.
總聯系 企業 現況

한국 기업이 무슨 강심장으로 총련계 기업이랑 거래를 해?

직접적으로는 안 해도 한두 다리 건너서는 있을 거야.
공작 자금 루트를 찾는 거라 어떻게든 닿아 있기만 하면 돼.

*새세대 공작원 : 6·25 당시 월북자를 중심으로 한 1세대 공작원의 노령화에 따른 대비책으로 양성된 북한에서 나고 자란 2세대 공작원.

커
피
홍
차
쌍
화
무
크
마
즙
차
어머~
이 오라버니
오셨네!

나 보고
싶어서 진짜
왔구나?

그렇게 오라고
노래를 부르는데 안
올 수가 있나?

뭐 느실라우?
커피 가져올까?
달짝지근하게
하나 말아봐~

여부가
있겠습니까요?
호호호

미스타 정~ 커피
최고급으로다가
두 잔~

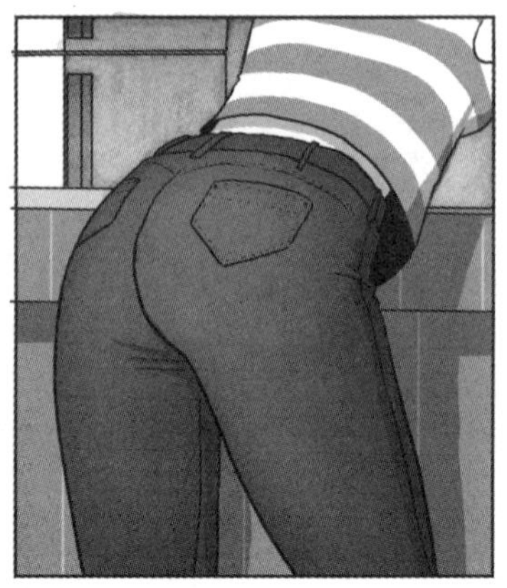

나랑 오빠랑 텔레파시가
통하는지 한번 보자.
오라버니는 커피를
어떻게 먹냐면…

음… 딱 보니깐
하나 둘 셋이다.
맞지?
맞아.
하나 둘 셋.

진짜 진짜?
어머 우리 진짜
잘 통하나봐~

야. 하나 둘 둘
아니면 하나 둘
셋이지 텔레파시는
무슨….

호호호
이 오라버니
약간 피곤한
스타일이네.

근데,
고기등심
돼지말비
주류일체
불고기
오
십

오라버니는 딱히
하는 일이 뭐야?

*오봉 : 쟁반을 뜻하는 일본어.

내가 말이야…
제비족은 아니지만
어둠의 세계에서
일하는 사람이지.
오독

하지만 언제나
양지바른 곳을
지향한다고나…

그래, 그래
맞어. 저런
말 좋아하고.

그 왜 달석이라고
지난번에 포장마차에서
본 덩치 큰 새끼 있지?
오빠 때리려고 하다
부랄 까였잖아.
아… 그 새끼.
제대로 한 번만
걸려라. 아주 그냥.
냉면
육회

그래, 달석이 걔,
민증 위조도 하고,
밀항도 시켜주고
뭐 그런 거 해.
지난번에 우리
가게에서 위조 면허증
넘겨주고 돈 받는 거
봤거든.

다방에서 일하잖아?
별별 범죄자 새끼들
다 봐.
포주, 사기꾼, 깡패,
고리채꾼, 타짜…
또 뭐가 있나? 여튼
별별 거 다 있어.
장난 아니지?
그치?

야, 그럼 간첩도
있겠네. 너 간첩 보면
나한테 꼭 말해. 나 씨발,
간첩 잡아야 돼.
오빠!

내 앞에서 간첩 얘기 하지도 마! 나 간첩이라면 학을 떼는 사람이야!
쿵

왜?

간첩이 한 번 달라고 하디?

어유… 콱!
아냐? 그럼 오늘 우리 집에서 나랑 자자.

뭐야… 뭐가 그렇게 돼.

웃겨 이 오라버니.
알았어. 자자.

아, 뭘 자꾸
달래!

야~ 희지야~
그러지 말고 한 번만 줘라~

야! 너 기억 안 나?
포장마차에서, 어? 그때
니가 니 입으로, 어?
한 번 준다고, 어?

내가 언제 준댔어!
줄 수도 있다고 했지.

야 이 기지배야!
그럼 주지도 않을
거면서 여기 왜 따라와?
잘 데가 없어?

아, 같이 자자며?
지가 먼저 그래농고선.
뭐야 진짜….

야! 씨… 그게 그거냐?
자자는 게 그거야?

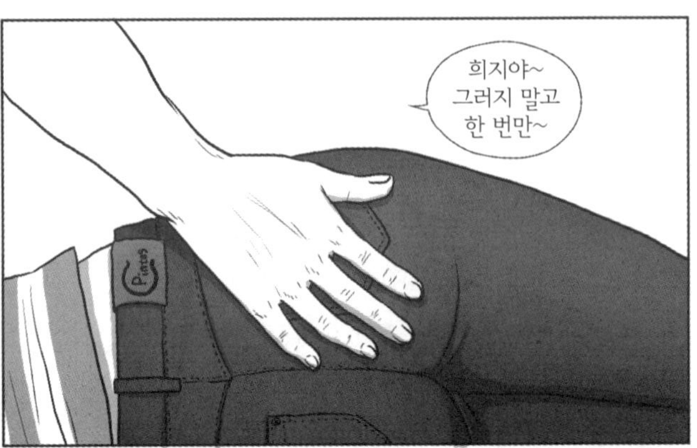

희지야~
그러지 말고
한 번만~

우리 좀 더
친해지고 나서
생각해보자고요.
오라버니.
탁

아우, 뭐 저런
게 다 있냐.
아우씨….

잘 때 엉뚱한 짓 하지
마. 강간이야 그거…
신고한다 진짜.
드럽고 치사해서
안 한다. 기지배야!

146

147

오, 손목시계!
좋아 좋아.

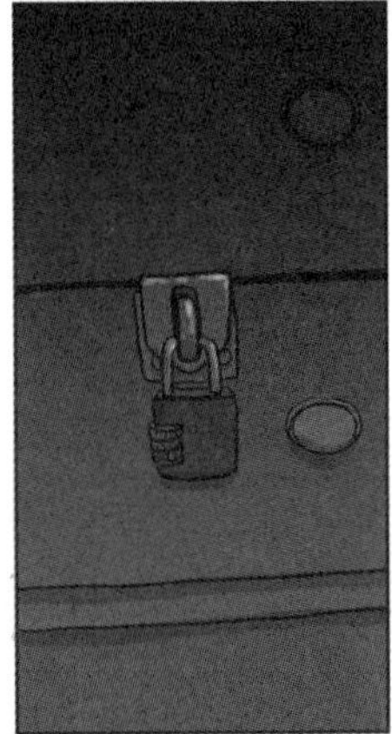

흠, 가만있자…
1234?
딸깍

어머 어머
이 오빠
바본가 봐.
드르륵

욕심내지
않을게요.
딱 하나만
가질게요…

안 돼, 안 돼…
두 개는 티 나…

어머 어머
내 손이 왜 이래?!

툭
툭

우씨…

툭
툭

1,000만 엔입니다.
와~

거봐 내가
뭐랬어.

원하는 게 뭐요?

여기 이 번호로
연락해서 이 물건을
전달해주시면
됩니다.

뭔데요
이게?

뭐…
보시다시피.

도쿄
지유가오카의
명물 과자!
과자의 홈런왕!
나보나!

東京
ボ

ナボナ

난 마약은 취급 안 하는데.

어이쿠…
하하하하

에… 또… 제가 거창 조씨 만경공파 27대손입니다.
고려 때 첨의중서사를 지내신 조원명 선생이 저희 집안 시조 어른 이시지요.

그 어른의 이름을 걸고 말씀드리자면 말입니다.

그거 과자입니다.

장난도 아니고… 이깟 과자 배달에 1,000만 엔이라구요?
이깟 과자라뇨. 저한테는 아주 중요한 물건입니다.

이상하게 생각되실 테지만 저도 지금으로서는 말씀을 드릴 수가 없고…

아마도 물건을 받으시는 분이 자초지종을 설명해주실지도?

*민가협 : 민주화실천가족운동협의회의 약칭. 1985년 12월 12일에 양심수를 후원하기 위해 결성된 사회운동 단체.
*민변 : 민주 사회를 위한 변호사 모임의 약칭. 1988년에 결성되어 인권, 시국 사건의 변론을 주로 맡아 온 변호사 단체.

이렇게 도와주시는 분들이 있는 줄 저 같은 놈이 알기나 했겠습니까…
죄가 없으니 금방 풀려날 거라고만 생각했어요. 그런데 무기징역이라니. 으흑흑

한선생님.

혹시 수사 과정에서 고문이 있었습니까?

으으흑흑흑

1심 때 변호사한테 그렇게 고문 이야기를 했는데… 흑흑
정작 재판 때 그 이야기를 한마디도 안 하더라구요.

그럼 재판 현장에서 한선생님이 직접 진술을 할 수도…

말하고 싶었는데…
말하고 싶었는데…

진술을 할 수도…

다른 피해자들이
진술하는 그놈이죠?
그래
확실해.

약간 마르고
곱상하지만
매서운 인상.

결정적으로
앞치마, 고무장갑.

그놈 신원을 알
수 있는 결정적인
진술이 하나만
나와줘도…

박선생
동생이 기관에서
근무한다고 했지?

네, 그렇긴 한데…
물론 도움받는
건 어렵겠지?

네,
지난번에 한 번
이야기를 꺼냈더니
펄쩍 뛰더라구요.
COFFEE
100원

그렇겠지…
내부고발자를 각오하지
않는 이상은 어려운
일이겠지.

저랑은 워낙 생각이
다른 녀석이라 협조하지
않을 거예요.
고문은 반인륜적인
범죄야. 어떻게든 찾아내서
공론화시켜야 해.
방법이
있을까요?
꼬리가 길어.
찾아낼 수 있을
거야.
HOT

30분짜리 티켓은 없다고요 이 아저씨야!
아침 마수부터 진짜!
아저씨! 우유 하나 줘요!
담배

아, 마누라가 30분 있으면 오는데 한 시간을 어떻게 끊어!

빨리 내놓으라고!
뭐 하냐?

어머, 오라버니!

어이 아저씨. 거 빨리 돌려주고, 우유 하나 줘요.
거기 냉장고에서 꺼내 가. 웬 참견이야!

160

에이씨~
탁

확!
안 돼! 오빠!

뭐, 뭐야. 치려고? 쳐봐 쳐봐!
아, 아저씨! 가만있어요! 그러다 죽어!

뭐가 또 죽어 죽긴…

그, 그런가? 하하하

야야! 희지야! 낼 모레 니 생일 때 우리 어디 바람이나 쐬러 가자.

어휴…
저 양반이나 나나, 한 번
주지도 않는 기지배한테
뭔 정성이냐.
어디 가세요
오라버니?

돈 벌러 간다
왜?
ナボナ
Long Life

우와…
돈을 또 벌어?

뭐?
아, 아니
내가 뭐래….

162

음…

어떻게 이런 맛을 내는지…
일본 사람들이 과자를 참 잘 만들어요.
그렇지 않습니까?
네… 뭐.

저기 선생님. 제가 가봐야 돼서 그러는데요. 잘 전달받으셨다는 각서랄지 뭐 그런 거 하나만 적어주실래요?

어이구 내 정신 봐라. 하나 권하지도 않고 과자 타령을 하고 있었네. 이런 실례를…. 허허허

과자 맛이 참
좋지 않습니까?

박선생?

저기…
저에 대해서
어디까지
들으셨어요?

에, 제가 전해 들은 박선생에 대한 것은 말입니다…

일본의 마약 밀매업자 조명호 사장에게서 1,000만 엔의 대가를 받고 히로뽕 2킬로를 밀수해 저에게 건네셨다는 거… 정도.

물론 국가 중요 기관원이라는 신분을 이용해서 공항의 검색대를 무사통과하는 방법으로요.

저, 저는 무슨 말씀이신지 도통….

이런 씨…
턱
그럼 그렇지.

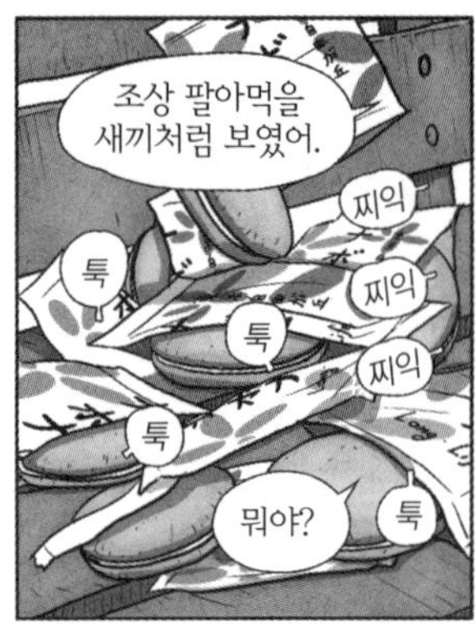

조상 팔아먹을 새끼처럼 보였어.
툭
찌익
찌익
찌익
툭
뭐야?
툭

히로뽕이 어딨어! 다 과자뿐이구먼!

흥분하지 마세요 박선생. 여기 보는 눈이 많습니다.

당신 뭐야… 겁도 없이 어디다 대고 협박이야!

박선생이 다량의 히로뽕을 국내로 반입했다는 증거는 여기저기 많이 있습니다. 설명드리자면…

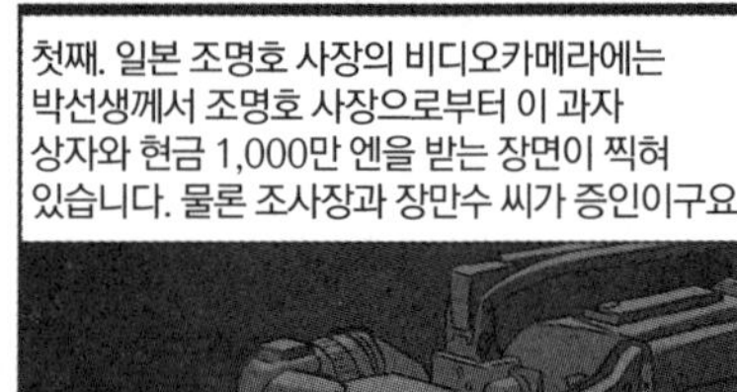

첫째. 일본 조명호 사장의 비디오카메라에는 박선생께서 조명호 사장으로부터 이 과자 상자와 현금 1,000만 엔을 받는 장면이 찍혀 있습니다. 물론 조사장과 장만수 씨가 증인이구요.

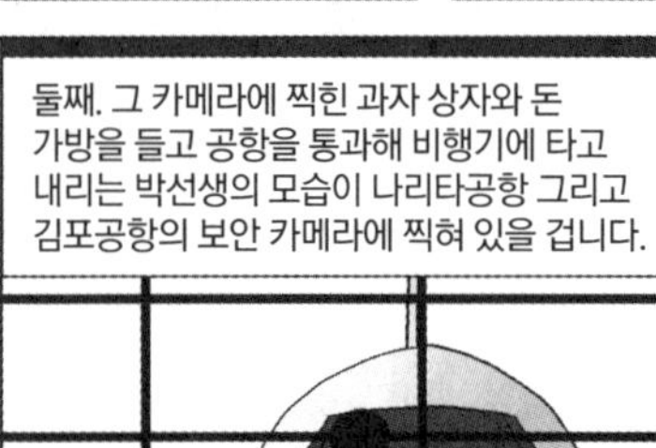

둘째. 그 카메라에 찍힌 과자 상자와 돈 가방을 들고 공항을 통과해 비행기에 타고 내리는 박선생의 모습이 나리타공항 그리고 김포공항의 보안 카메라에 찍혀 있을 겁니다.

그리고 셋째. 제 거처에는 히로뽕 2킬로가 이 과자 상자와 똑같이 생긴 상자에 잘 모셔져 있습니다.
ナボナ
Long. Life
어째, 지금 박선생께서 처한 상황이 이해가 되십니까?

씨… 발 니들 뭐야?
이게 뭔 개수작이야.
박선생, 저는
박선생을 곤란하게
하려는 것이 아닙니다.

그저 좋은 사업을
제안하고 싶을 뿐이고, 단지
박선생께서 저의 제안을
거절할 경우
저에게 매우 심각한
상황이 발생하기 때문에
작은 보험 하나를 들어놓은
것뿐입니다.

인사가 늦었습니다.
저는 대학에서 교편을 잡고
있는 정태길이라고
합니다.

그리고 겸업으로
남조선 혁명 사업도
하고 있지요.

박선생이라면 아마
들어보셨을 수도
있겠군요.
광명산이라고….
허허허

햐~ 북조선 간첩이 겁도 없이 대한민국 공작원한테 수작을 다 거네. 이거 오래 살고 볼 일이구먼.

사실 저로서도 큰 모험이었습니다만, 오늘 박선생의 의연한 모습을 보니 한결 안심이 됩니다. 허허

저기… 정선생님.
아니 교수님인가?

지금요… 제가 이 자리에서 정선생을 검거하면요… 바로 그냥 두어 계급 특진이에요.
그깟 히로뽕 한 주먹? 그거 광명산 잡으려고 위장 공작한 거라고 하면 아무것도 아니라고요. 예?
톡

그럼 금괴는
어떻게 하시려고…?
탁
탁

2년간의 금괴
밀반입 기록 장부를
정만수 씨가 조사장에게
넘겼습니다.

제 짧은 식견으로는
말입니다. 간첩 잡는 일과
금괴 밀수에 어떤 상관관계가
있는지 영… 당최. 허허허

사, 사업을
제안하신다고요?

아시겠지만 지하당 조직을 뿌리 깊이 건설하고 수습해 나가는 데는 많은 활동 자금이 필요합니다.
그런데 최근 대남 사업 상당 부분이 위축된 탓에 만성적인 공작금 부족 상태에 시달리고 있어요.

그래서 그리 좋은 방법은 아니라고 생각합니다만.
속칭 얼음을 일본에 수출해볼까 합니다.
얼음?

히로뽕을 얼음이라고들 부릅니다.

…그러니깐 지금 나보고…
히로뽕을 배달해라?

배달이라기보단
일종의 무역업이라고
생각하시면 됩니다.

간단하게 이야기해서
제가 좋은 가격에
얼음을 드리면
일본 조사장이
그걸 전량 매입하는데,
이문은 그때그때의 시세와
박선생의 재량에 달린
것이지요.

참 나…

참고로 말씀드리면
현재 시세 금괴
1킬로에 1,300만 원.
얼음은 1킬로에
1억 3,000만 원입니다.
금괴의 딱 열 배지요.

품질 좋기로 소문난
남조선 얼음 아니겠습니까.

그것만 하면
되는 거요?

한 가지 더
있습니다.

아마도 박선생이 저에게
꼭 알려야 할 정보들이
생길 것입니다.
예를 들면 저의 신변에
관련된 것들 말이지요.

그때마다
신속히 저에게
알려주시면
됩니다.
사소한 것
하나라도요.

그건 곧 박선생의
신변과도 직결되는
것들일 테니까요.

돈도 챙기고 몸도
챙기시겠다?
허허허
그렇게 정리가
되는군요.

그럼 박선생께서
저의 제안을 흔쾌히
받으신 거로 알고.

현숙아 이리
오너라.

작년부터 저의 일을
돕고 있는 아이인데
제 딸아이로 알고
계시면 됩니다.

처음 뵙겠습니다. 박선생님.
정현숙이라고 합니다.

앞으로 잘 부탁드릴게요.

이제 그 일, 제가 3년 안에 졸업시켜드리지요.
앞으로는 무역업에만 전념하면서 인생을 즐기세요.
박선생. 험한 곳에서 손에 피 묻혀가며 애국하느라 고생 많으셨습니다.

허! 나… 참!

야 이 개새끼야!
니가 겁도 없이 날 팔아먹어!

아이 형, 형, 형님.
진정하고 내 말 좀 들어봐 봐 쫌.

이 새끼야! 너 지금 무슨 짓을 한 건지나 알아? 씨발, 나 간첩 끄나풀 만든 거야!

나 인생 종쳤다고 이 새끼야!

형, 나 진짜 형 잘되는 거 보고 싶어서 그런 거야.
회사에서 험한 일은 맨날 혼자 도맡아 한다며…

그렇게 충성해서 뭐 하게?
막걸리 먹고 똥포니 타고 다니다
국립묘지에 묻히게?

그게 다 조국과 민족을
위한 일이야 이 새끼야!
너같은 똥양아치
새끼가 뭘 알아!

어리바리한 유학생 애들
잡아다 간첩 만드는 게 조국과
민족을 위하는 거야?

내가 아무리 동네
똥양아치라도
그 정도는 알어.
형이 맨날 털어 오라는
한학동 애들, 걔들 중에
간첩 몇이나 있었어?
어? 말해봐!

그렇게 열심히
삽질해서 크게 돼 봤자
결국 큰 삽질하는 인간
되는 거야…
내가 형 밥그릇
챙겨주려고 이렇게
노력하는데, 왜 자꾸 되지도
않는 애국자 행세를 하려고
그래?

너 이 개새끼! 나 일본
가면 죽여버린다!

조국과 민족이래…
병신 새끼.

아~

오선배! 퇴근 안 해요?
곱창에 쐬주 한 잔 딱?
월요뉴스

니들끼리 가라.
이 몸은 바쁘시다.

야, 오선배는 안 돼. 요즘
기획 기사 준비하잖아.

아, 서북건설 김판구
회장 불법 총선 자금 건
진행하고 있죠?
그래. 내일은
출판기념회도 가야 돼.
회고록을 내신단다.
우리 김회장님이.
그놈의 회고록은
뭐 개나 소나….

어허, 개나 소나라니! 우리
김판구 회장님이야말로
회고록을 내셔야 할 분이지!

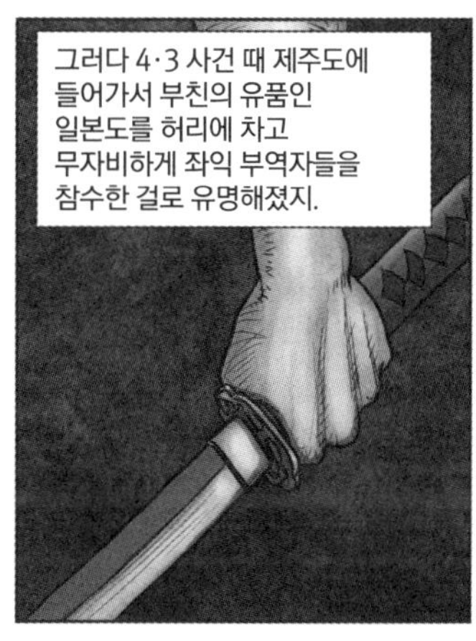

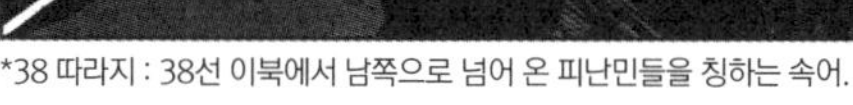

*38 따라지 : 38선 이북에서 남쪽으로 넘어 온 피난민들을 칭하는 속어.

5·16 터지고 깡패들 깡그리 잡혀와 조리돌림 당할 때도 요리조리 수완 좋게 잘 피해 넘겼대.
나는 깡패 입니다
국민의 심판을 받겠읍니

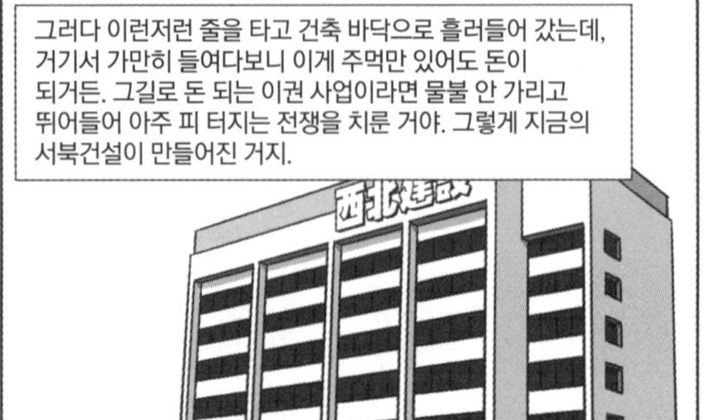

그러다 이런저런 줄을 타고 건축 바닥으로 흘러들어 갔는데, 거기서 가만히 들여다보니 이게 주먹만 있어도 돈이 되거든. 그길로 돈 되는 이권 사업이라면 물불 안 가리고 뛰어들어 아주 피 터지는 전쟁을 치룬 거야. 그렇게 지금의 서북건설이 만들어진 거지.
西北大建設

대한민국의 폭력과 유착과 로비의 표상, 뭐 그런 사람이구먼.
이 양반은 회고록 쓰셔도 되겠네.

거기에 불법 선거 자금 딱 얹으면 멋진 그림 하나 나오겠지?
안 그냐?

서북건설 김판구 회장 자서전
자유는 공짜가 아니다
출판기념회
일시 : 1987년 0월 00일   장소 : 00호텔 XX관
우리가 어떻게
달려왔습니까?

그 잿더미 속에서
주린 배를 움켜쥐고도,
민족의 번영과
선진 조국 창조!
쾅

이 구호 아래 하나로 똘똘 뭉쳐 자신의
자리에서 묵묵히 최선을 다해 온 우리의
위대한 국민들 덕분에 이제는 '아시아의
용'으로 불리게 되고!
쎄울 꼬레아!!!
50억 세계인의 대잔치!
88 서울올림픽도 치르게
되지 않았습니까!
서북건설 김판구 회장 자서전
자유는 공짜가
출판기념회
1987년 0월 00일   장소 :

이 나라
대한민국이
이렇게 위대한
나라입니다 여러분!

저런 말을 어떻게
저리 아무렇지도
않게….

야, 너 괜찮아?
어디 아파?

아니….
커피나
한잔 먹자.

아니, 오늘같이 좋은
날, 분위기 험악하게
왜 이러실까?

너 한 번만 더 눈에 띄면 눈깔 뽑아버린다 했냐? 안 했냐?

어?

저, 저기요! 수사관님들!

나 오병수요, 오병수! 월요뉴스 오병수!

이야! 여긴 어쩐 일이세요?

저기… 저분들 좀 무서운 사람들이라서
나 따라오지 않는 게 좋을 거 같은데?

쨔식들, 눈치는
있어 갖구.

근데 어떻게 두 분을
여기서 뵙네요. 하하

이거 평소에 찾아뵙지도
못하고….

하하

김판구 회장,
대단한 분
맞나봐요.
우리
수사관님들이
이렇게 다 참석하시고.
헤헤

여기엔 왜 온 거요?
아유, 우리 기자들이야 뭐 이유가 있나요.
그냥 밥이나 한 끼 때우러 온 거죠.

어이~
오병수 기자님.

우리도 언론사하고는 핏대 세우기 싫으니깐 눈치껏 좀 하자고.
이게 몇 번째야?
아이구, 죄송합니다. 가뜩이나 바쁘실 텐데.

이 양반 이거…
매번 좋은 말로 하니까 우리 얼굴이 전혀 부담스럽지 않나봐?

하아… 저도 이러고 싶지 않죠.
근데 어떡하겠습니까 이게 밥줄인데.
아니 그리고, 수사관님들도 생각해보세요.
대통령의 처삼촌이 양회협회 회장이 되고 나서
아스팔트를 깔기로 계획한 고속도로에 공구리가 쫙 깔렸는데,
이런 재미있는 걸 어떤 기자가 취재 안 하겠습니까?
안 그렇습니까 수사관님들?
안되겠다. 이 새끼.

아… 잠깐 잠깐!
이, 이건 없었던 걸로!
역시 고속도로는 공구리가 최고지요!
저기요! 수사관님들! 왜 이러세요!
이러한 비뚤어진 민주화 요구로 인해 대화보다는 폭력이 앞서고!
자본주의를 부정하는 부의 분배로 노력하지 않는 자가 부유해지고!
급기야 국론 분열로 인해 북괴의 오판을 다시 한 번 야기할 수 있음을
어째서 요즘 젊은이들은 알지 못하는지 안타깝기 그지없습니다!
어떨 때는 말입니다. 빨갱이들이 벌이는 그 무시무시한 인민재판장 한복판에
이 철없는 젊은이들을 한번 데려다 놓고 싶어요. 껄껄껄
서북건설 김판구 회장 자서전
자유는 공짜가 아니다
출판기념회
일시 : 1987년 0월 00일
장소
하
하
하
하
하하하
하
하
하

아이구 김군.
축하하네.

감사합니다.
최사장님.
하는 일은
잘되고?

아, 무슨 일을
한다고 했더라?

작은 무역회사에
다닙니다.
아, 거기서
경영 수업
중이구먼?

이렇게 멋진 아드님도
있고, 우리 김회장님은 복도
참 많으신 분이야. 껄껄
툭

아, 김회장님
아드님이셨군요?
신경 끄쇼…

아 참. 그나저나
우리 수사관님들 한번
모시고 싶었는데 뵐
수가 있어야지요.

제 연락처 아시겠지만
그래도 이렇게 뵌 김에
명함이라도.

연락 한번
꼭 좀 주세요.
제가 아주
고급으로다가 걸지게
한번 모시겠습니다.

헤헤
그럼.

뭘 쳐다보고 있냐!
저 새끼 잡아!

그냥 둬요.
소란 피우지 말고.

아, 예. 그렇게
하지요.

햐. 인상 한번
드럽게 생겼다.

깡패 새끼들은 저런
면상이 재산이잖냐.

아까 그 기자…
월요뉴스?

여기 그냥 온 게 아냐.

지난번에 내가 총련계 기업이랑 선이 닿는 국내 기업 알아보고 있다고 했었잖아.

총련계 기업 중에 요 몇 년 사이 급성장한 회사가 있는데
국내 불법 사채업자를 통해 그 회사로 꽤 큰돈이 흘러들어 간 게 잡혔어.

그 사채업자에게 물려 있는 차명계좌가 여러 개 나왔는데…

그중 액수가
가장 큰 게…
아버지 거야.

빨갱이라면 자다가도
이를 박박 가는 양반이
조총련 쪽까지 손을
대다니… 돈에 미쳐 망령
난 건지.

그래서 아까
그 기자 새끼가
냄새를 맡았다?
그런 거 같애.
뭐 아닐 수도
있겠지만.

야…
너 뭐야?

그래서, 실장님한테 보고라도 하려고 그래?

아버지 우리 회사로 한번 모시려고?
아버지 조서 써서 검찰에 넘기게?

와… 정말 저놈의 고지식.
두손 두발 다 들겠구먼… 참 나.

정말 이 노친네 감당이 안 된다.
왜 저러고 사냐.

야. 설마… 아무리 그래도 총련계인 걸 알고 그러셨겠냐?

회장님 같은 애국자가 어디 있다고, 어?
아들내미 이름까지 '대한'이라고 짓는 분이시다 인마.
나도 반공의식 하나만은 정말 존경해.
근데 저 양반은 평생 정도(正道)라는 걸 몰라.
숨기고, 속이고, 안 되면 주먹, 돈….

쓸데없는 소리 하지 말고 그 계좌 당장 버려.
알았어 등신아?

지금 쟤들 히로뽕 밀조창까지 세웠어.
광명산도 직접 관련되어 있고.

과… 광명산?

그래. 밀조창의 대략적인 위치도 잡혔어.
전방위적으로 한창 순조롭게 진행 중이었는데….

에이… 야… 히로뽕이 말이 되냐? 쟤들이 아무리 돈이 궁해도. 난 그거 뻥인 거 같다 인마.

확실한 정보야. 운 좋으면 광명산까지 잡을 수 있을 거 같애.

괜찮아.
괜찮아.
괜찮아.

아직 아무것도 한
게 없잖아…
여기서
그만두면 돼.

방법이
있을 거야.
딱 잘라
말하자!

안녕하세요
박선생님.

아, 네…
정교수님은?

다른 볼일이 있으셔서요.
저 혼자 박선생님 뵙고
오라고 하셨어요.
아….

아,
날씨 좋다.

하아~

제 얼굴에
뭐라도?
아뇨 아뇨
잠시 뭐 좀
생각하느라….

무슨…
생각이요?
그…
뭐랄까….

공작원이 이렇게
예뻐도 되는 건가…
하는 생각? 하하
어머 뭐예요… 호호
공작원이라고 뭐
미워야 하나요?

아뇨, 그게 아니고
공작원 얼굴이 이렇게 예쁘면
기억에 잘 남으니까 임무
수행에 아무래도
방해가….
호호
민망해라.

그런데 긴히 하실
말씀이라는 게?

아, 후~
그게 실은…
어머!
잠깐만요.

후

됐다.
말씀하세요.

저기, 그게
그러니깐….

회… 사에서
밀조창 정보를
확보했어요!
조만간에
적발할 거예요!

어이구~

니가 뭔 돈이 있다고
이런 걸 다…. 허허
용돈함

잔치는 못
하더라도
친구분들하고
식사나 하세요.

어른을 찾아오면 고기라도 한 근 끊어 오는 게 예의지.

하여튼 주변머리하고는. 쯧쯧

에이 또 왜 그러세요. 기껏 이렇게 들른 애한테.

이눔 시끼야! 니가 남들처럼 번듯한 직장에 다니면서 제대로 해봐라!

니 아버지가 저깟 푼돈에 좋아서 저러는 거 보고 있겠냐!

아, 제가 직장 다니지 놀아요?
엄마도 참…. 허허허

그게 직장이냐?
그게 직장이야!
그놈의 데모하니라고
집안 다 들어먹고
그러고도
정신 못
차리고
저 나이
처먹도록
데모나 하러
싸돌아다니고!

아이고… 새끼라고
하나 있는 게 저런
반푼이라니….
아이고~
아이고~

웬만하면
일다운 일을
좀 찾아.

되지도 않는 민가협,
그거 백날 해봤자 입에
풀칠이나 해?
노인네들 봐서
먹고살 궁리도
좀 하라고.

넌 인마 나랑 같은
업계에 있으면 서로
존중해주고 그래야지
짜식아…. 하하
같은 업계 같은
소리 하시네… 좌경
용공 주제에.

야 근데,
너희 회사에
그 고문 기술자
말이야….

아, 그런 거 없다고 했잖아!
요즘이 어떤 세상인데 고문을 해?

말 같지도 않은 소릴 하고 있어.
쯧

고문 당했다는 증언들이 여기저기서 계속 나오고 있어서 하는 소리잖아 인마.

위에서 혹시 시켜도 너는 그러지 마라.
니 말대로 요즘은 그래도 되는 세상 아냐. 옛날하곤 달라.

그런 거 없어. 개소리들 하지 말라고 그래.
그리고 형이나 엉뚱한 짓 하고 다니지 마.
남의 앞길 가로막지 말고. 간다.

밥 잘 챙겨 먹고 다녀 인마!

조용한데?
아직 자고 있나?

순찰 도는 척하면서
한번 불러내 봐요.
불러내서
뭐라고 해요?
뭐하는
사람들이냐고
물어보면서 이쪽으로
몰아와요.

에이, 농약 만드는
사람들이라고,
지난달에 이 부락
들어왔을 때부터 알고
지내고 있어요.

여기서 고기도
좋은 놈으로다가
갖다 구워
먹었구먼.
이상한 냄새 안 났어요?
비릿한 뭐 그런 냄새.

어, 맞어... 뭐 좀 요상한 냄새가 나긴 했지요.
아 근데 뭐 우리야 농약 만들 때 나는 냄새려니 했지.
그게 히로뽕인지 뭔지 어떻게 알어?

눈치채기 전에 우리가 먼저 밀고 들어가자.

팡
꼼짝 마!
손들어!

개성집
왕만두
칼국수
수제비
주류일체
300-0000
개성집
개성집

2.5킬로예요.
0.5킬로 더 넣었어요.
서독제과
BAKERY 제과제빵
123-4567

시작부터 큰 도움 주셨다고
교수님께서 감사하다는 말씀
꼭 전해드리래요.

박선생님 아니었으면
정말 큰일 날 뻔했어요.
역시 정보력이
대단하세요.
아유,
뭘 그 정도 갖구.
하하하
서독제과
BAKERY 제과제빵
123-4567

드셔보세요 현숙 씨.
이 집이요, 개성 실향민 할머니가 직접 편수를 만드는 데래요.

아~ 맛있어요.

평소에 우리 공화국 음식을 좋아하시나봐요?
아, 그건 아니고… 고향이 개성이라고 하신 것 같아서 수소문 좀 했죠.
어머~ 자상하시다.

여기서 지내다 보면 고향에서 먹던 어머니 음식 생각나고 그러겠네요?

아, 어머니가 어릴 때 돌아가셔서…
그래서 저는 아버지가 해주신 음식에 더 익숙해요.

사실 아버지와도 어릴 때 이후로는 떨어져 지냈지만요.
그래서 아버지가 더 각별하기도 해요. 호호

아~ 우린 공통점이 많구나….

아~
박선생님도?

네. 저도 그렇거든요.
아버지하고 각별한 것만 빼고.

그럼…
임무 중이니깐
애인도 없으시겠다.
그런 건 아니구요.
그냥 아직 없어요.
호호

어? 그럼 연애를
해도 된다는 말씀?

그럼요.
혁명 사업 하루 이틀
할 것도 아닌데…
좋은 사람
있으면 만나야죠.

이, 이상형이
어떤 사람입니까?
현숙 씨?

음…
임무에 도움
되는 사람?

아하!
가만있자,
그런 사람이…
호호호

아! 있다!
박도훈이라고
정보력이 대단한
친구가 하나
있는데.

어머머…
농담도 잘하셔요.
호호호
농담
아닌데요.

어머머머
핫하하하
까르르르

저기, 실장님
어떻게 받아들이실지는
모르겠습니다만…

뜸 들이지 말고
빨리 얘기해봐요!

제가 실장님께
정보를 드린 게 아침
나절이었지요?

그런데 바로 그날 오후에
밀조창을 철수하라는 지령이
떨어졌다고 합니다.

이게 무슨
의미겠습니까?

우리 회사 쪽에서
정보가 새어
나갔다는 거요?

단정할 수는
없지만, 정황상
그렇게 보입니다.

실장님, 가능성을 열고 생각하셔야 합니다.
만약에 실장님 쪽 내부에서 정보가 새어 나가는 거라면 제 목숨은 둘째 치고라도
제가 드리는 고급 정보가 다 무슨 소용이겠습니까?

우리 내부에…
북괴의 끄나풀이 있다?

계원들 외에 공유한 적 있나?

박계장에게는 공유했고, 그 외에는 없습니다.

계원들에게 전달한 시간은?

계원들에게는 작전 전날 13시경에 상황 전파했고
계원들 외 출동 인원에게는 작전 당일 새벽 현장에서 상황 전파했습니다.

13시면 정황이 맞다.
상황 전파하고 한두 시간 후에 밀조창 철수 지령이 내려졌다고 했어.

일단 내부 계원들부터 하나하나 조사한다.
예, 알겠습니다.

설마… 우리 내부에 그런 자가 있을까요?

정보원이 거짓말을 하는 게 아니라면 내부 계원들밖에 없다.

우리 셋 중 하나가
세작이 아니라면 말이지. 허허

이건 우리 조직의 근본을 흔들 수 있는 중차대한 일이다.

반드시 색출해서 아주 작살을 내버려야 해!

저, 그리고
실장님.

다른 건으로
보고드릴 게
있습니다.

그게…

지난번에
말씀드린 총련계
기업 공작금
관련해서…

제… 아버지가…
연루되어 있는 것
같습니다.

음…
그러냐?

오다가 주웠어.
레아
TOTAL FASHION

뭐야 이게?
니 생일이라며?

나?
아닌데?
아직 한참
멀었는데?

어머
예뻐라~

아니 지난번에 저 앞 점빵에서
그 주인영감이 그랬짆아.
오늘이 니 생일이라고.
어? 아~ 그거.
아하하하하
그 영감이
시간 되냐고 하도
귀찮게 해서, 생일이라서
쉰다고 뻥친 거였어.

에이 뭐야,
돈 아깝게….

어머~
이 오라버니 좀 봐.
은근히
귀여워.

알았으니까
한 번 줘.
싫음 내놔
그거.
레아
TOTAL FASHION

음… 그래 볼까
싶기도 하고.
이게 또 말을
애매하게….

일루 와봐.
아 뭐.

얼른.

뭔데?

쪽

뭐, 뭐야.
이걸로 퉁치려고?

히~

크~
탁

장실장님.
아시잖습니까?
제가 정말 그런
사람이 아닙니다.

아무리 제가 돈에
환장을 했기로서니
설마 빨갱이들에게까지
그랬겠습니까?
제발
믿어주십시오.

제가 어찌 김회장님을
의심하겠습니까?
그저 사업차 그쪽에 손을
대신 게 김회장님도 모르는
사이에 그만 총련 쪽과 닿은
것이겠지요.
예 그렇습니다.
실장님.
이렇게 알아주시니
감사합니다.

아이구
이제 숨통이
좀 트입니다.
그런데
말입니다…

모국 유학생 위장
조총련 간첩단…
이게 대선과도
직결되어 있다 보니
어른께서 관심이
아주 크십니다.

문제는 이게 보고가
되면 거기에 김회장님이
거명되는 것을 피하기가
어렵다는 것이지요.

제, 제가 어찌
해야 합니까?
실장님, 방법을
알려주십시오.

글쎄요…
이런 일일수록
당장을 모면하려는
편법보다는
김회장님의
조국과 민족에 대한
사랑… 그 진심의
크기를 보여주시는 게
좋지 않을까요?

…

그런데 말입니다 장실장님…
뭐 좀 한 가지 여쭤봐도 되겠습니까?

지난번에 말씀하신 그 강원도 카지노 말입니다.
사업권이 오병건설로 간다는 얘기를 들었습니다.

그래요? 허허

뭐 그렇게 결정이 되었나보군요.

아, 아니 제가 보여드린 성의가 모자랐던 건 아닐 텐데….
아, 물론입니다. 충분히 보여주셨지요.
하지만 나랏일 이라는 게 늘 그렇듯이…

아니 그런데.
그게 지금 어떤 문제가 됩니까?

김실장님.

이 김판구. 왜놈들 물러가고 세상이 엉망진창으로 개판일 때.
나라 위하는 일념 하나로 피 끓는 청춘을 빨갱이 박멸에 바친 사람입니다.

실장님이 저보다 더 대한민국을 사랑하십니까?

저는 말입니다, 그렇게 생각합니다!
쿵

저 같은 애국자들이 한 몸 희생해서 이 나라를 반석 위에 이렇게 탄탄히 세워 놓지 않았다면 말이야,
각하나 실장님 같은 군인들이 과연 어떻게 이 나라를 이렇게, 어? 할 수 있었겠냐… 하고 말입니다!

강원도에 성공적으로
카지노가 들어서는 것이
선진국 대열에 하루
빨리 들어서는 일이라면
말입니다….

그래서요?

그 길에 적극적으로
발 벗고 나서겠다는데!

어째서 저의 나라 사랑하는 마음을
이리도 몰라주시고, 왜 자꾸 진심의
크기만 물으시냐는 말입니다!

그리고 말이 나와서
하는 말이지만!

우리 기업하는
사람들이 말입니다.
뭐 맨날…

김계장. 아니, 대한아. 니가 반대하면
아버지 이름은 빼고 가마.

아닙니다. 공과 사는 구분할 줄 압니다.
제가 앞으로 더 효도하겠습니다.

이해해줘서 고맙다. 나 개인적으로도 힘든 결정이었지만 말이다…
너도 알다시피 아버지의 이름을 빼면 사건이 성립되기 힘들다.

아버지가 받을 타격은 아주 클 거야.
다시 재기하시기 힘들 수도 있다.
알고 있습니다.

족벌과 국조
그래, 장하다.

실형은 나오지 않게 조치를 취하마.
신경 써주셔서 감사합니다.

아버지도 이런 니 모습을 자랑스러워…

빡

제발 적당히
좀 하세요.
아무리 돈이
좋다지만 어떻게
그런 곳까지…
이게 아버지가 평생
그렇게 입에 달고 사신
반공이고 애국입니까!

왜정 끝나고.
세상이 뒤집어져 빨갱이 천지가 되고 나니.

우리 집 땅뙈기 부쳐 먹으며 벌레처럼 살던 천한 것들이
니 할아버지를 철사줄로 묶어서 끌고 갔다.

인민재판 자리에서 총살을 시키고 뒷산 어디 구덩이에 파묻었다는데
그게 어딘지 아무리 찾아도 알 수가 없었던 나는

그 구덩이 자리를 따지러 갔다가 빨갱이들한테 피떡이 되도록 얻어맞고는
사흘만에 깨어났다.

그 사흘 동안에 내 어머니는 홧병으로 이미 세상을 등져 있었고
집안은 돌림병이라도 쓸고 간 것마냥 쑥대밭이 되어 있었다.
그냥 죽지 못하고 빨갱이 세상에 다시 깨어난 내 자신이 얼마나 원망스럽던지…

그런 내가 빨갱이들과 뭘 했을 거 같냐.
니놈이 빨갱이가 뭔지 알기나 하냐?

226

아버지를 구하지 못한
업보를 자식놈에게
돌려받는구나.

너와 나. 부자
인연은 이걸로
끝이다.

다시는 내 눈앞에
나타나지 마라!

오씨!

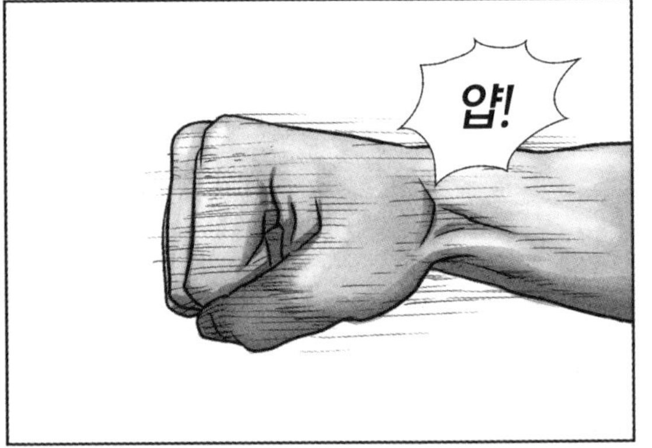
얍!

퍼억

이, 이 새끼가
미쳤나!

훅
훅

빠각

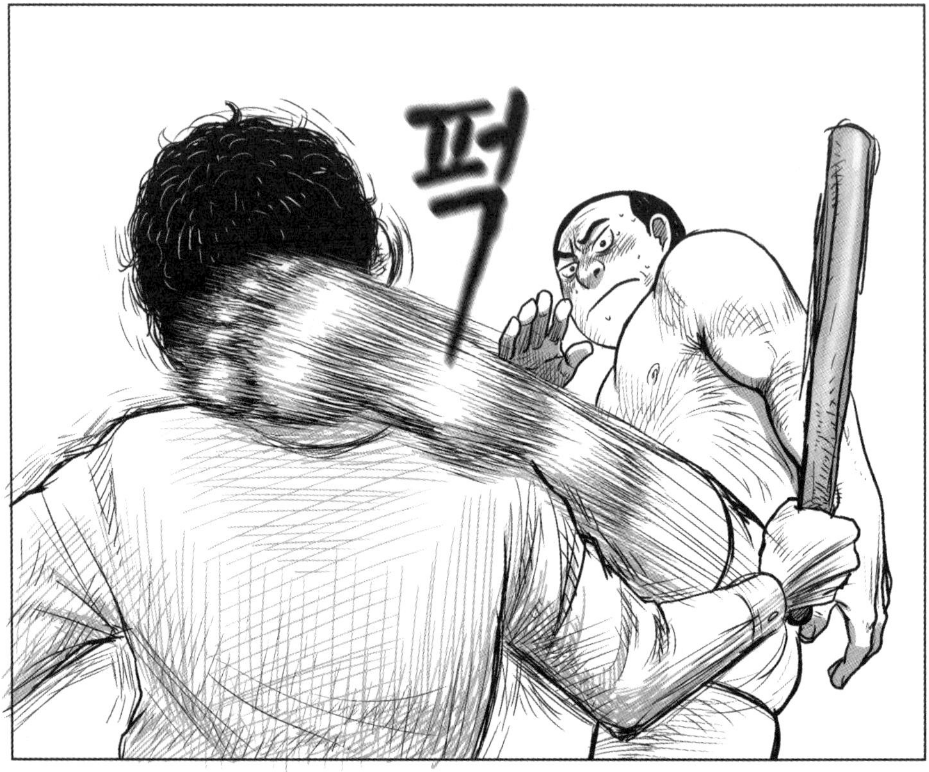

퍽
얍!

이… 이 새끼
뭐야!
뭐 해!
족쳐!

꼼짝 마
이 새끼야!

야 이 새끼야
미쳤어?
안 내려놔?

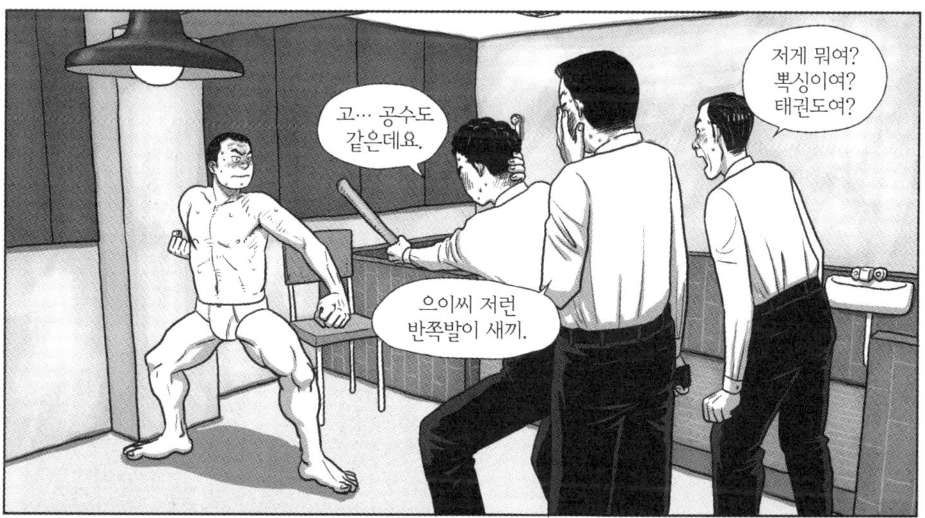
고… 공수도
같은데요.
저게 뭐여?
뽁싱이여?
태권도여?
으이씨 저런
반쪽발이 새끼.

야 김병준 진정해.
너 이러면 일이 더 커져!

뭐야 이게?

공수도… 요.

뭐?

저, 저거요.

다 나가 있어.

아니, 계장님.
이 새끼 보통이
아니에요.
나가라니깐!

어으…

김병준 씨.
수사1계 담당하는
박이라고 합니다.

저희 계원들이
무례를 범했다면
용서하십시오.

저, 저는 그냥 평범한
유학생이에요. 정말 아는
게 없어요.

네네, 저희는
병준 씨에게 간첩 혐의를
두는 것이 아닙니다.
송종태를 검거하기
위해 정보가 필요한
거죠.

정말로 송종태
선배와는 못 본 지가
5년이 넘었다구요.
한학동 활동을
같이한 것 때문에
그러시는 거라면 정말
할 얘기가 없어요.
믿어주세요.
네
이해합니다.

일단 진정
하시구요.
담배
태우시죠?
EIGHTY EIGHT

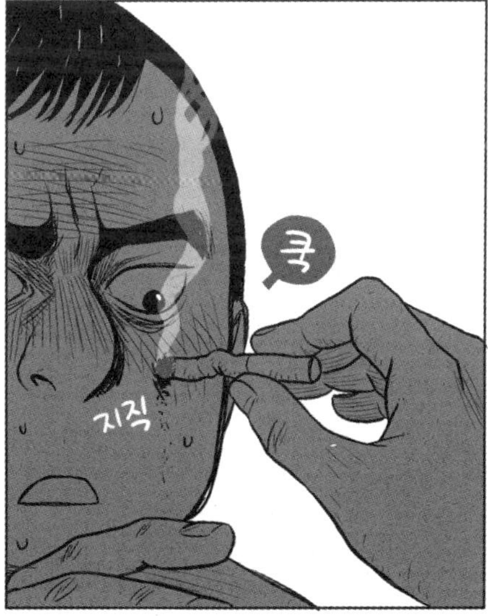

쿡
지직

아악!
낭심 차기!
퍽

어때, 시벌!
으어어어어

나도 좀 하지?

이 새끼는 당분간 수갑 채우고,
평양초대소에서 격술 훈련 좆나게 받은 걸로 해놔.

평양이요? 아직 북송선을 탔다는 정황은 없는데.
안 탔다는 정황 있어?

퍽
퍽
악
퍽
악
악
악
퍽
퍽

죄송합니다.
한국에 온 이후로
송종태 선배를 한 번도
만난 적이 없어요.

정말 아는 게
없습니다.
흑흑흑

아~ 이 새끼는
운동을 해서 맷집이
좋은 건가…
좆나게
버티네.

전기공사
준비해.

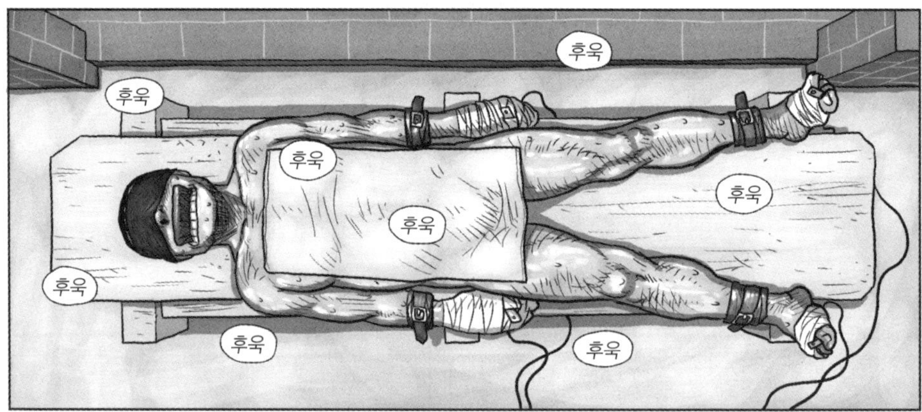

후욱
후욱
후욱
후욱
후욱
후욱
후욱
후욱
후욱

꼼꼼하게
했어?
아유
그럼요.

그러게 좋은
얼굴로 할 때
잘할 것이지.
이게 뭐냐
번거롭게.

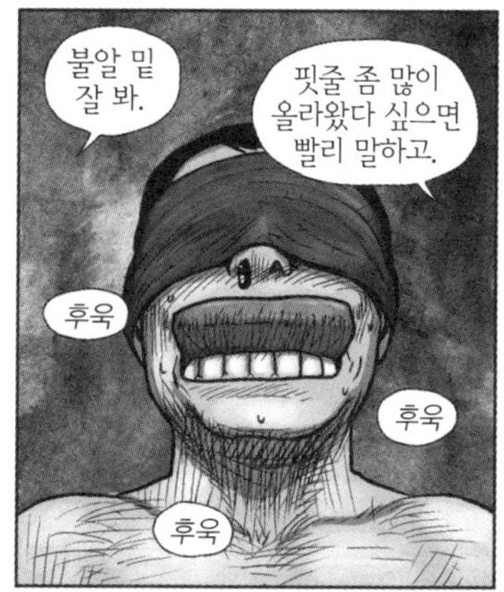

불알 밑 잘 봐.
핏줄 좀 많이 올라왔다 싶으면 빨리 말하고.
후욱
후욱
후욱

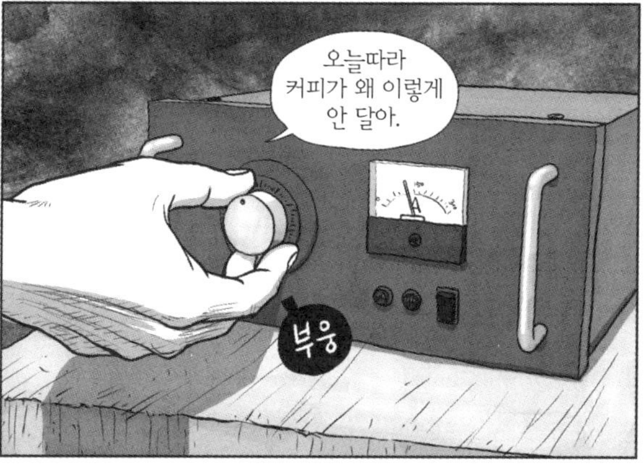

오늘따라 커피가 왜 이렇게 안 달아.
부응

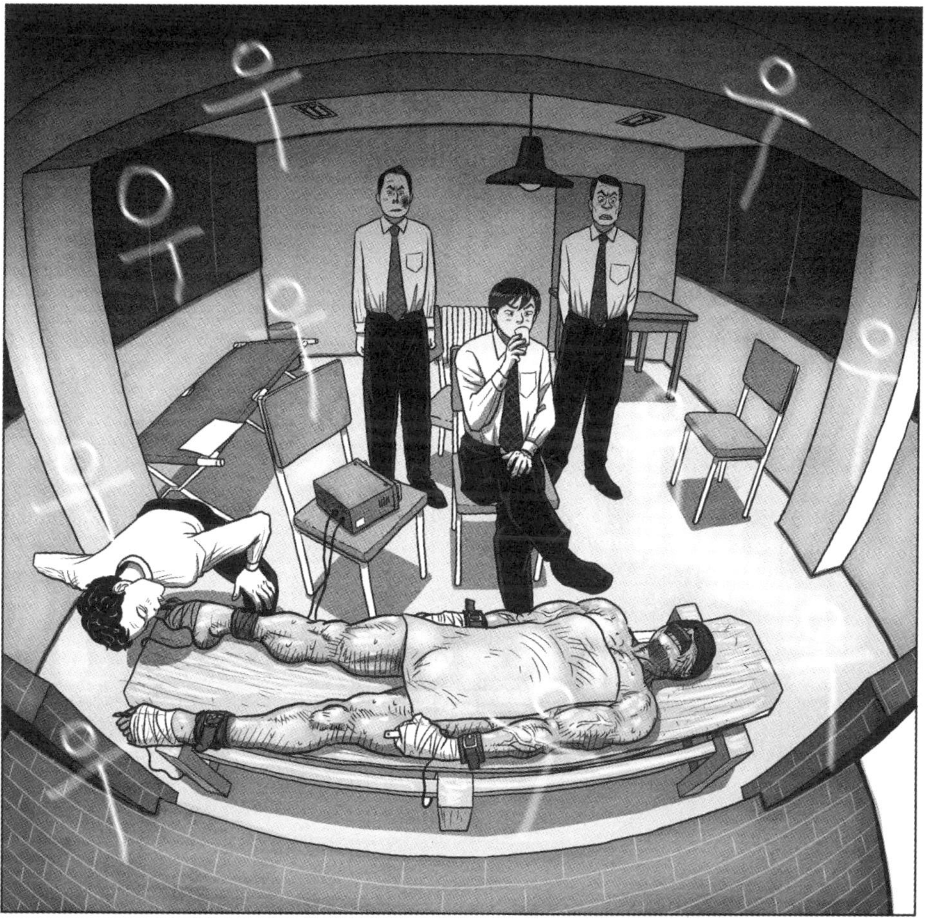

우
우
우
우
우

잘 들어!
둑

우리는 지금 송종태를
너희 조직의 1번으로
보고 있어.

송종태를 1번에
세우지 못하면
김병준 니가 1번이
된다.
잘 알겠지만
간첩단 조직에서
1번과 2번의
차이는 아주 커.

그리고,
겪어보니
알겠지?
여기는 무술
나부랭이로 까불고
그러는 곳
아니다.

내가 돌아올 때까지
니들 조직도 깔끔하게
그려놔라.
최말단까지 한 놈도
빠뜨리지 말고.

딸깍

어휴 씨발, 지금 밥이 목구녕으로 넘어가냐….

광
김병준 씨… 설렁탕인데 어떠실지 모르겠네요.

드세요 어서.

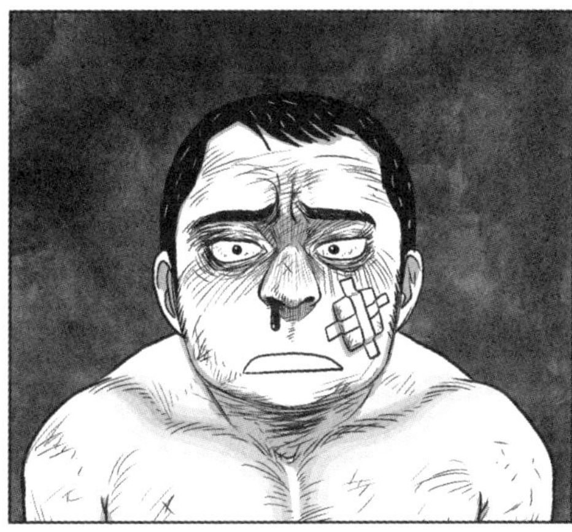

밥이 나오는 건 서서 인 힌디는 뜻이에요.
어차피 다 토하거든요.
그러니깐 마음 편하게 드셔도 돼요.

저분들 너무 미워하지 마세요.
그저 나라 위한 일이려니… 하면서 하는 거예요.

병준 씨. 몸 성히 여기서 나갈 생각만 하세요.
버텨 봤자 아무 소용 없어요.
흑흑흑

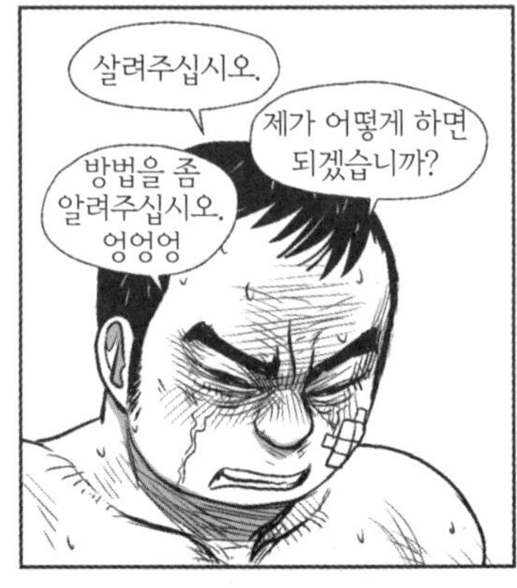
살려주십시오.
제가 어떻게 하면 되겠습니까?
방법을 좀 알려주십시오. 엉엉엉

아는 걸 다 말할 때까지 절대로 내보내 주지 않아요.
괜한 고집부리지 말고, 어떻게든 빨리 이곳을 나갈 생각만 하라구요.

백일 지난 아기가 있댔죠?
그 예쁜 아기 다시 봐야죠 병준 씨…
으허허헝

병준 씨가 조금만 성의를 보여주면 쉽게 끝날 수 있어요…
서… 성의라뇨?
송종태에 관해서 뭐라도 얘기하세요.

모르면 만들기라도 해서요.
병준 씨 한 몸만 생각하라구요.

그러다 송선배에게 폐를 끼치게 되면…
어휴~ 지금 남 걱정할 때예요?
그, 그렇긴 해도. 어떻게 없는 말을…
아니, 조서를 쓸 수 있을 정도만 살짝 어떻게…

병준 씨…
계속 이러고 있음 어떡해요.

어휴~

다 식었네. 들어요 어서.

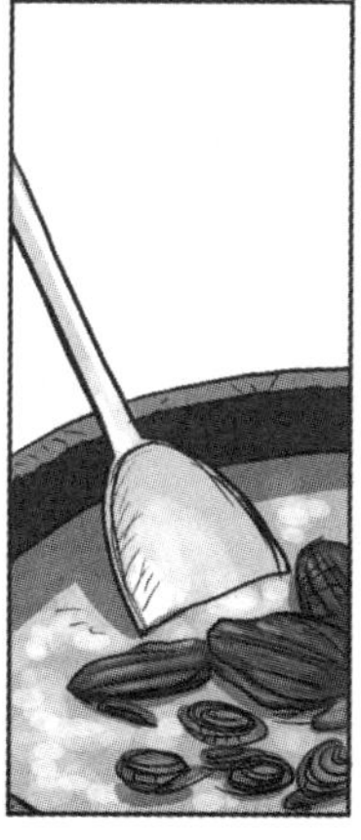

감사합니다. 수사관님 같은 분도 꼭 계실 거라고 생각했어요.

저기, 수사관님.
거기 소금 좀…

착
착
착
착
착
착

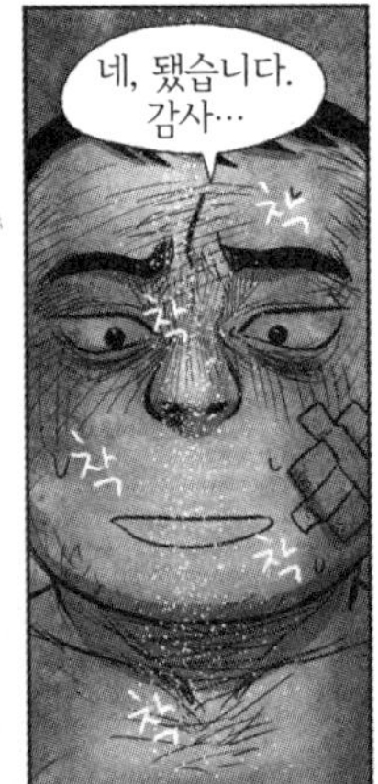

네, 됐습니다.
감사…
착
착
착
착

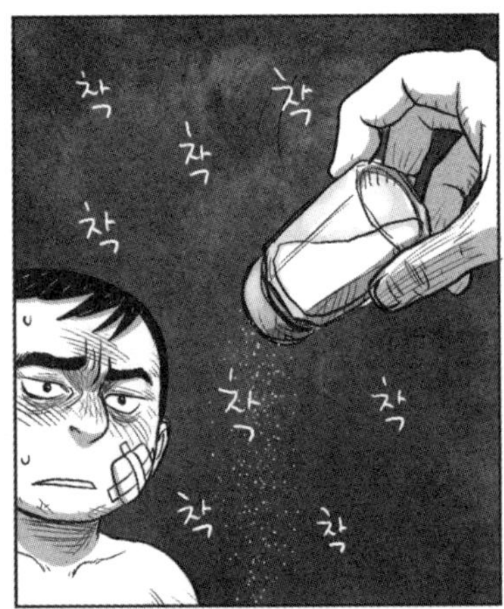

착
착
착
착
착
착

저기, 그만
뿌리셔도…
착
착
착
착

착
착
착
착
착

에라이
씨팔!
팍

니미~

거봐… 내가
안 된다고
했잖아.

하~ 거 안
먹히네….

계장님 말씀이
맞네요.
빨갱이 새끼들은
좋은 말로는 안 되네요.

거창 조씨 만경공파 27대손

도훈이는 삼촌 팬

보통사람들의 시대

끼익
끼익
끼익

모처럼 이렇게 야외로 나오니 가슴이 탁 트이고 좋지 않습니까?
이걸 타고 있으면 소싯적 생각도 나고 참 즐거워요.
우리 안사람은 다 늙어서 애들처럼 논다고 핀잔을 줍디다. 허허허
끼익
끼익
끼익
끼익

네, 그렇긴 한데.
지금 이런 걸 탈
만한 상황이…

오리배 좀 타는데
상황까지 만들어가며
탈 수야 없지
않겠습니까?
게다가 서울
한복판에서 이것만큼
완벽하게 시선과 도감청을
피할 수 있는 게 없지요.
끼익
끼익
끼익

네, 헌데
상황이 상황이라…
급할수록 돌아가라고
하지 않습니까?
여유로운
마음으로 일합시다
선생. 허허허허

그럼 어디
그 상황 이야기를
들어볼까요?

광명산의
드보크 정보를
알아냈습니다!
아,
그래요?
허허허
양평 대부산 등산로
1킬로 시섬입니다. 세디기
조총련에서 지원한 거액의
엔화가 매몰되어 있다고
합니다.
그 공작금을 차단하면
아마도 큰 곤란을 겪게
될 것입니다.

매몰된 상태라구요?
왜 발굴 안 했답니까?

안 한 게 아니라, 오늘 새벽에 매몰했다고 합니다.
즉, 오늘 일몰 후에 발굴한다는 뜻이지요.

오늘 일몰? 이제 곧 몇 시간 후를 말하는 겁니까?

그런 촌각을 다투는 정보를 오도가도 못하는 이런 곳에서 이야기하면 어쩌자는 게요!

아니… 그래서 제가 이걸 탈 상황이 아니라고…
답답하구먼 답답해!!!

애들 장난하는 것도 아니고 이게 뭐요!
그래서 제가 가까운 다방으로 가자고…

아니, 그러니까 실장님이…
뭐 해요! 빨리 젓지 않고!

헛둘!
헛둘!
밥 안 먹었어? 왜 이렇게 신통찮아!
파파파팍
최, 최선을 다하고 있습니다. 헉헉헉

으르르르~

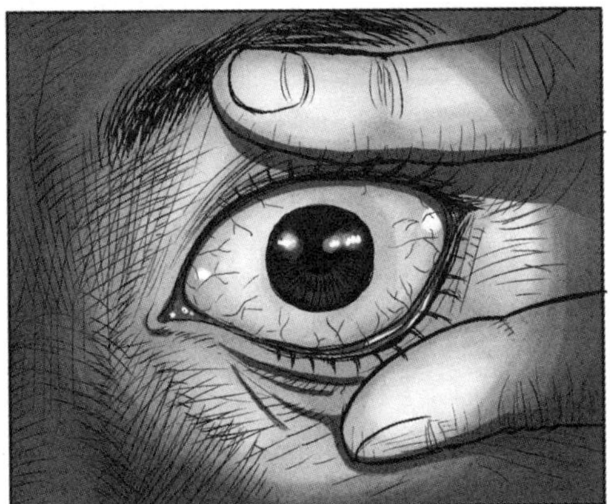

외상이 너무 많아.

심하게 했구먼…

이 정도면 며칠 정도 지나야 없어질까요?

글쎄… 3, 4주는 봐야겠지요.
약을 드리고 갈 테니 꾸준히 발라주세요.
흉 지지 않게.

다른 데는요?

네. 다행히도 맥박 혈압 다 정상입니다.
별 문제는 없을 거예요.

어릴 때부터
운동하셨다고
했죠?

네, 아버지가
가라테 도장을
운영하셨어요.
부친께서
아드님을 잘
단련시키셨네요.

워낙 건강 체질인 데다
꾸준히 운동을 해서
그런지 전반적으로 몸이
잘 견뎌주고 있습니다.

이 정도 상태라면…

좀더 해도
되겠어요.
허허

하지만 상처는
안 됩니다!
검사 영감님들이
왜 자꾸 물건에 흠집 내서
넘기냐고 애꿎은 저를
잡더라구요. 허허허

저기
박계장님…

켁
켁

드보크?
과, 광명산?
네! 광명산이요!

2계 인력으로는 많이 부족하다고 최대한 지원하래요!

아…
그래…

어니 불편하세요?

불편하긴….

드디어 광명산을 잡게 되었네요!
그, 그래…

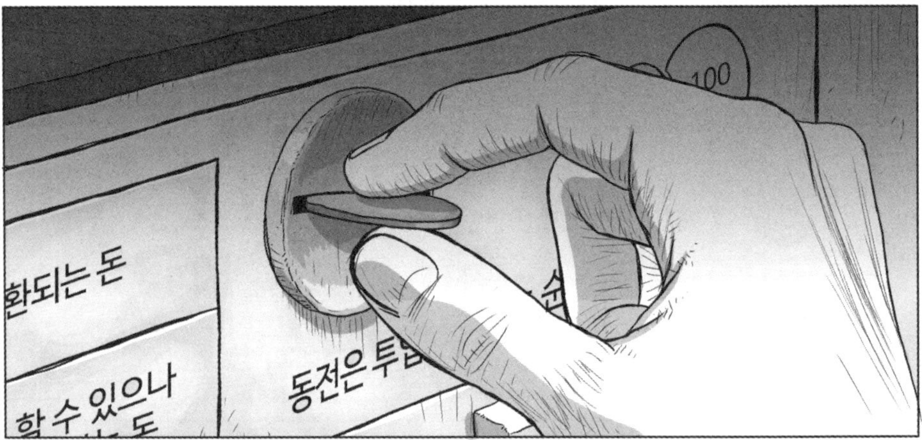

환되는 돈
할 수 있으나
동전은 투입
100

준비 다 되었으면 출발하자.
예.
哲學科
敎授
鄭太吉
재 부 회 강 출
실 재 의 의 장

비가 얼마나 더 오려나…

모레쯤에나 그친다고 했어요.
쿵

따리리리리

따리리리리

259

야. 아무래도 오늘은
안 올 거 같은데…
그렇지 않냐?

수천만 엔을
야산에 파묻어놓고
너 같으면 하루 이틀
묵히겠어?
오늘 꼭 와.

비오는 날에는
인마, 간첩들도
산에 안 올라가.

간첩 식별법 몰라?
신발에 진흙을 묻히고
산에서 내려오는 사람.

간첩들도 인마,
그런 거 다…
쉿!

부스럭

팍

잡아!

거기 서!
개새끼야!
잡히면 죽여버린다!
씹새끼야!

빠-

으아아아!!!

살려주세요!
살려주세요!

좆같은 새끼야!
개새끼!
씨발놈아!
넌 뒈졌어!
퍽
퍽
퍽

됐어 그만해!

꽉

엉?

마… 맞어?
너무 젊은
거 아냐?

광명산이
몇 살이랬지?

아니지?

에이 시벌
숨차…

약간 좀
이상하긴 해.

야, 너 뭐야
인마!

병구 너 이것만 먹고 집에 가라잉. 알겠냐?

아이구~ 알았다니깐요.

새마을 구판장
니 엄마가 너 술 주지 말랬는데… 나도 모르겠다.

팔팔 한 갑하고,
밧데리 작은 걸로
하나.

산에서 뭔
행사해요?
야밤에 비까지
오는데 뭔 사람들이
이렇게들 올라간대?

아, 네.
회사에서
행사를 좀….
히히히

몇 명이나
도착했던가요?
글쎄, 뭐
대여섯씩 해서
두어 번 가는 거
같던데.

생각보다 빨리들
도착했나봐요.

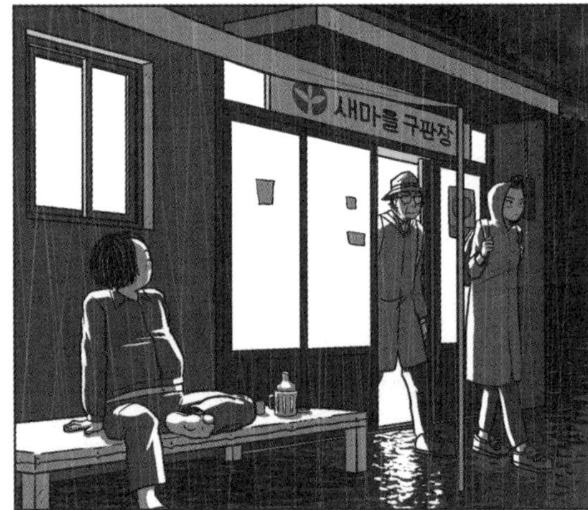
새마을 구판장

저기…
헤헤
잠깐 앉아서
막걸리 한잔
하고 가세요.

바위 밑에 뭘
묻어두고 왔는데.

다리가 아파서
올라갈 수가 없다면서…

싫다고
했거든요.
그런데 자꾸
그 사람이…

가져온 뒤에
5만 원을
더 드리지요.

근데 우릴 보고
도망은 왜 갔어?

아무도
몰랐으면
좋겠습니다.
혹시 누구라도
마주치면
도망가세요.

네. 히히

야 이 새끼야! 누가
봐도 딱 간첩이구먼.
신고를 했어야지!

공산당처럼
안 생겼던데…

270

하여튼,
똘이 장군이
다 버려놨어.

그 둘
인상착의
말해봐.

남자는요…
60대 정도?
안경 꼈고
머리가 곱슬인지
파마인지…

아! 「사랑과
야망」에서 미자 첫
남편 닮았어요!
미자… 첫…
남… 편.

여자는?
여자, 하…
쎄쎄요.
영화배우처럼.

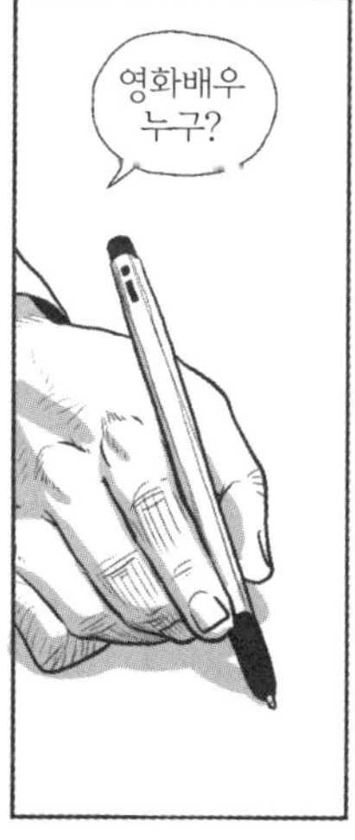

영화배우
누구?

홍콩 배우
글로리아 입처럼
생겼어요.

얼굴 인마, 얼굴!

예. 얼굴이 글로리아 입 닮았어요.

이 새끼가 장난하나!

그럼 니 얼굴은 마이클잭슨 코 닮았냐 어? 이 새끼야!

어때. 이번에도 이상하잖아?

제 생각도 내부에서 정보가 새는 게 맞는 것 같습니다.

지난번 밀조창 때는…
맞는 거, 같은데…

이번에는 정말 아닌
것 같은데요?

아냐. 급작스럽게
출동했는데도 미리 알고
있었어. 이번이 더
확실해 보여.
그래. 이번에도
내부가 확실하다.

아닌 거
같은데…

보고드릴 게
있습니다.

용의자가
그려줬다는
약도인데요.
단서가 될 것
같은데요?
UNIVERSITY

허허

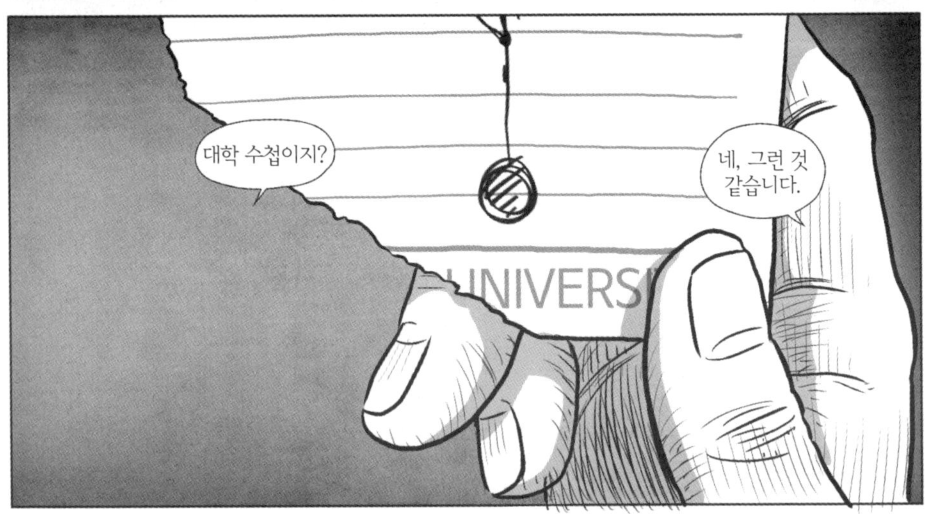

대학 수첩이지?
네, 그런 것 같습니다.
UNIVERSI

정육
형제 정육점
육류일체 000-00○○
많이 파세요~

단골이라고 많이 주네.

웬 소고깁니까? 저녁에 뒷마당에서 한잔하는 겁니까?
왜? 고기 보니깐 술 생각나냐?

이렇게 얇게 썰면 맛없는데.
소고기는 두툼하게 썰어서 왕소금에…

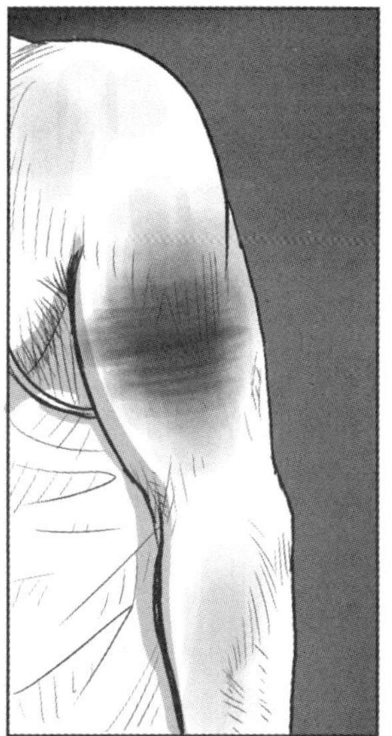

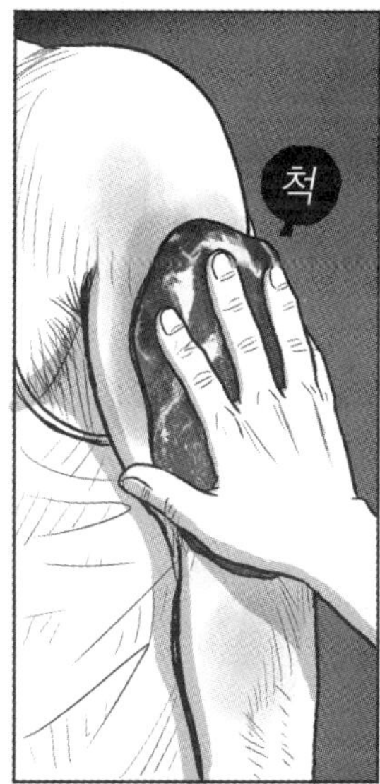

척

김병준.
이게 뭘 의미하는지
알겠어?
모, 모르겠습니다.

송종태가 검거됐어.

수사가 끝났다는 뜻이야.

넌 '보도간첩' 정도로
처리해서 마무리할 거야.

네? 보도간첩… 이요?

응. 언론 보도에는 간첩으로 나가지만 기소는 안 하는 거.

제가, 언론 보도에 나간… 다구요?
이 양반 이거 테레비 나간다니깐 좋아하는 거 봐.

'목요기획 조총련의 붉은 마수' 내일 뒷마당에서 인터뷰 촬영한다.

아니, 인터뷰는 좀…

참 나, 상황 파악 못하는구먼.

이럴 땐 인터뷰한다고 투덜댈 게 아니라
기소 안 해주셔서 감사압니나~ 하고 절이라도 해야겠단 생각은 안 들어?

병준아. 니 입으로
인정했다시피 넌
간첩이야.
그런데도
특별 케이스로
살려주는 거라고.

싫음 기소해줄까?
검찰에 넘어
가면 넌 짤 없이
사형이야. 알어?

괜한 생각 말고
내일 인터뷰나
성의껏 해.
네.
감사합니다.
그것만 끝나면 바로
집으로 보내줄 거야.
그동안
수고하셨습니다.

그래 그래.
앞으로 한솥밥
먹을 건데
좋게 좋게
하자고.

네?
한… 솥밥
이라뇨?

REC
30MIN
F4.5
24DB
ALC
자…

REC
30MIN
F4.5
51DB
'송종태와 접선 뒤'
부터 갈게요.
ALC

REC
30MIN
F4.5
63DB
하이~ 큐!
ALC

송종태와 접선한 뒤,
차후 공작 계획을
모의한 후…
도보를 이용해
종로를 빠져나와…

아니, 거기서…
둘이 신선각에 가서
물가 정보 물어본 거
그거 빠졌잖아…

아 참…
그럼 거기서부터
다시~ 큐!

● REC
30MIN
F4.5
66DB
ALC
송종태와 접선한 뒤
종로에 위치한 중국요릿집
신선각을 방문…

주인에게
'여기 탕수육이
얼마예요' 하고

남한의 물가 시세
정보를 탐지한 후…

수고했어.
굉장히 잘했어
김주사!
네, 감사합니다.

저기,
그런데 계장님.

집사람은 제 소식을
알고 있습니까?
아 그럼 그럼.

우리 직원이
며칠 전에 방문해서
자초지종을 잘
이야기하고
김주사 여권도
받아 오고 그랬어.

예?
제 여권을요?

아무래도 회사에서
보관하는 게 서로
믿고 일하기에 좋지
않겠어?

그런 거 신경
쓰지 말고, 내일
아침에 부장님께
임관 신고해야 돼.
지각하지 마.

그리고 오랜만에
집에 가는데 애기
과자라도 하나 사
들고 가.

앞으로 잘해보자구 김주사.

네… 감사합니다.

봐서 알겠지만 우리 업무 중에 조총련 관련된 게 꽤 많아.
김주사처럼 일본어도 잘하고 학력도 좋고, 엉? 그런 사람이 필요해.

많이 도와줘.
톡톡

그런데, 계장님. 죄송한 얘긴데…
저는 돌아갈 직장이 있는데…

글쎄, 이 방송이 나가고도 다시 돌아갈 수 있을까?

6급 군무원
아무나 할 수
있는 거 아냐.
목숨 살려준
자유 대한에 은혜 갚으며
살겠다는 마음으루다가
열심히 해.

거기 카메라
아저씨! 우리 기념
사진 하나 박아줘요!

자…
찍습니다.
찰칵
1000
500
250
125
60
30
15
8
4
2
1
B
P
5.6

와르르

서울 경기 지역에
대학교가 이렇게 많아?
아휴~
아직 반도 수거
못했어요.

같은 학교라도 총학생회 수첩이 있구요. 또 단대별 아니면 과별로 따로 있구요.
거기에 교직원이다 뭐다… 종류가 엄청 많아요.

우선 서울 경기 지역만 조사하면 되는 거예요?

드보크의 기본은 매몰 후 최단 시간에 발굴하는 거야.
그래서 공작원의 공작 거점에서 멀지 않은 곳에 설치해.

드보크 위치가 양평이었으니까
아마 서울 경기를 벗어나진 않을 거야.

자, 일단 페이지 귀퉁이가 아루쳐 있는 것부터 걷어내자고.
우리가 찾는 건 각쳐 있어야 돼.

음음…

이야~ 대단들 하다.
정말 이렇게 찾을 거야?

그럼 뭐 달리 뾰족한 수라도 있어?

이게 다가 아닐걸?
아니 뭐 그래도…
대학원도 있고, 요즘은 부설 기관도 얼마나 많은데.

그럼 그것도 모아봐야지.
야, 이건 진짜 너무 무식한 방법이다.
툭

생각보다 많지 않아. 금방 찾을 거야.

어? 이거 같은데?

뭐야~
어디 봐 봐.

맞네. 큭큭
찾았어요.

한강대학교
교직원 수첩!
뭐가 이렇게
싱거워?

대학 수첩이 다
비슷비슷하다고~
자세히
확인들 해봐.

딱 이건데요 뭘.
우리 2계에서 한 건 올리니까
박계장님이 배 아프신가봐.
UNIVERSITY
HANGANG UNIVERSITY

우과장이 한강대학교
전체 교직원 명부
확보해.
그중에 몽타주 사진이랑
비슷한 것들 골라내고,
목격자 확인하자고.

288

88 경양식
INTERNATIONAL RESTAURANT
88 경양식
INTERNATIONAL RESTAURANT
아니, 어쩌자고
그 수첩에다 약도를
그려줬어요?

아, 어떡해…
정말 큰 실수를
해버렸네요.
그날 너무
경황이 없어서.

학교까지
파악했어요.
직원 명부에서
교수님 얼굴
확인하는 건 진짜
금방이에요.

현숙 씨,
이거…

두 분 얼굴을 본
그 촌놈 주소예요.

직원 명부에서 교수님의 몽타주와 비슷한 몇 명이 추려지면
바로 이놈에게 확인을 시킬 거예요.
그게 길어 봤자 하루 이틀…

아시죠? 무슨 뜻인지?

끄덕

일반적인 안가만큼은 아니지만, 그래도 요원들이 몇 명 배치되어 있을 거예요.
그리고 주변 검문도 꽤 많을 거구요.
괜찮겠어요?

네. 매번 감사합니다.
아… 이럴 때 현숙 씨를 지켜주지 못하는 제 자신이 원망스러워요.

걱정 마세요.
저 이래 봬도 최정예
새세대 공작원이에요.
제가 격술은
박선생님보다
나을걸요?

현숙 씨,
저 진짜 현숙 씨가
걱정돼서 미칠 것
같아요.

그리고 이거…
이번 것도 잘
부탁드릴게요.
2킬로예요.
캔터키, 후라이드 치킨
영양센터
○○ - ○○○○

덥석

현숙 씨… 다음번
만날 때는 제가 분위기
끝내주는 곳으로 한번
모시겠쉬먀~

어머
호호호
왜 이러세요…
거기서 우리
찌릿찌릿한
만남 한번…

안 되겠쉬먀?
현숙 씨?

네… 뭐
도훈 씨 하는 거
봐서요.

도,
도훈 씨?

성남시 ⟷ 현대아파트
239-1
HYUNDAI

대성

으어어어어

아, 뭐!

이쁘던데…
누구야?

니가 알아서
뭐하게?
아니 뭐,
그냥.
한일타자부기

아주 그냥
침을 질질.
한번 달라고
했겠지 뭐.
대밍...
123-...

칙

야야야!

뭐야 그게?

뭐긴
서, 설탕이지.
보면 모르나?
설탕?
뭔 설탕이 그래?

아니, 설탕을 선물로 왜 줘?
오성화스너
○○○-○○○○
신경 끄세요. 그런 게 있어요.

아씨, 뭐! 니가 내 애인이라도 되냐?
그거 마약이지.
히로뽕.

미… 미쳤냐?
오빠 뽕쟁이였어?

설탕이라니깐 진짜!
이모뽕 맞잖아 뉴스에서 봤어.
딱 이거 맞구먼!
어디 오봉 앞에서 설탕으로 구라를 쳐?

아유 아유
뭘 안다고…

오빠, 마약 사범
일제 단속 뭐
그런 거야?
막 뽕 맞고
그래?

핫하하하

역시!
짝
짝
짝

우리 희지 눈은…
못 속이겠는걸?
예리해.
아주
날카로워,

그래, 이거
히로뽕이야.
켄터키 후라이드 치킨
영양센터

나 사실 비밀 마약 단속반 이거든…
아까 그 여자는 우리 비밀 요원이고.

아 그랬구나… 경찰이었구나.

이거 절대로 어디 가서 얘기하면 안 돼.
그러다 너까지 감빵 갈 수도 있다.
꼬덕 꼬덕

수고가 많아 경찰 오빠.
나 간다.
안녕.

이 뽕쟁이 새끼야!

야이씨 진짜!

죄송합니다.
죄송합니다.

저놈의 새끼 제대로 못 키운 내가 죄인입니다.
애는 참 착한데 친구를 못된 것들을 새겨 갖구…

아 엄마. 이번엔 그런 거 아냐 쫌.
애가 날 때부터 칠푼이는 아녔는데.
아… 네.

들어와서 테레비나 봐.
돌 좀 지나고 애 고모가 용을 좀 갖다주길래 그걸 멕였는데
그거 먹고 나서부터 애가 영 데퉁궂은 게…
福

「사모곡」 하네.
엄마 좋아하는 길용우 나온다.
무뿌리를 같이 멕여서 애가 저 모냥이 된 거 아니냐는데
내가 무뿌리를 멕였는지 칡뿌리를 멕였는지 당최 기억이 나야 말이지…

차가 한 대인 걸 보면
경호 인원이 많진 않은데.

어떻게 할까요?
더 기다려볼까요?

그래, 맨손으로
들어가는 건 무리일
것 같다.
네,
검문 때문에
아무것도 못
챙겨 와서…

그래도 잘했다.
뭐라도 챙겼으면
어쩔 뻔했냐?
그러게요.
생각보다 검문이
많았어요.

덜컥

야!

졸면 어떡해.
바꿔줘?
아뇨 괜찮슴다.

아까 저녁을 많이 먹어서 그런가…

이상 없지?
네, 이상 없슴다.

야 없잖아.

어?
뒷간에 갔나…

이눔 시키 또 술 처먹으러 갔나보네.
요 앞 점빵에 있을 거야. 금방 올 거예요.

애는 참 착한데 친구를 못된 것들을 새겨 갖구선…

똑바로 못하냐.

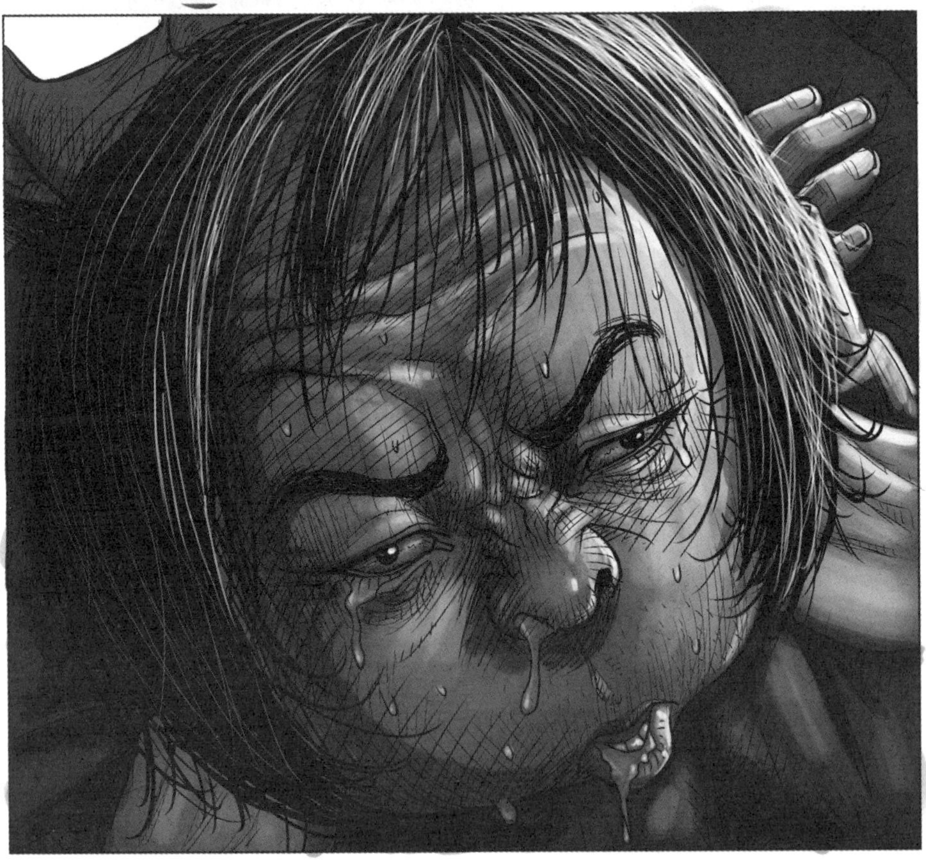

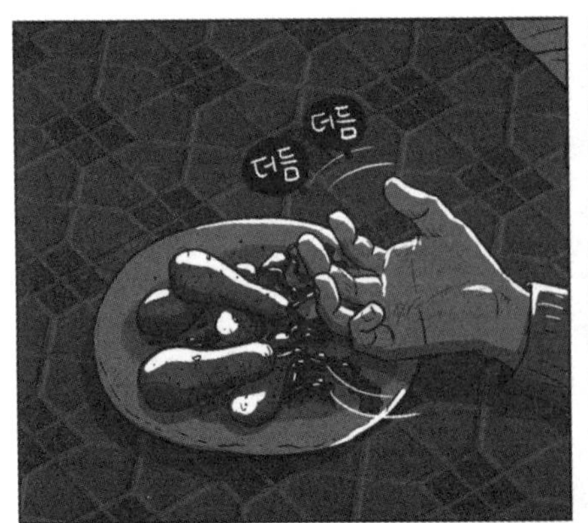

더듬
더듬

콱

빠지
빠지
컥
컥

빠지
빠지

컥
컥

바닥

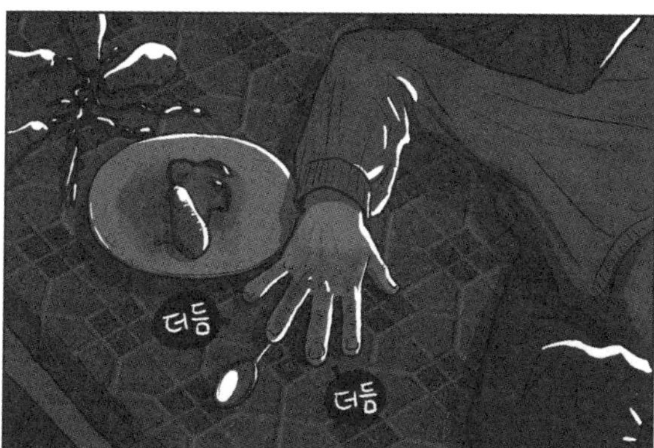
더듬
더듬

꽉
꺽

푹

아아아악!!!

아악!

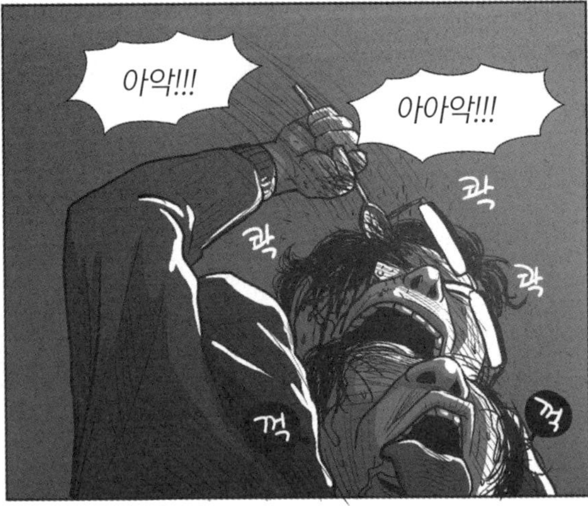

아악!!!
아아악!!!
꽉
꽉
꽉
껑
껑

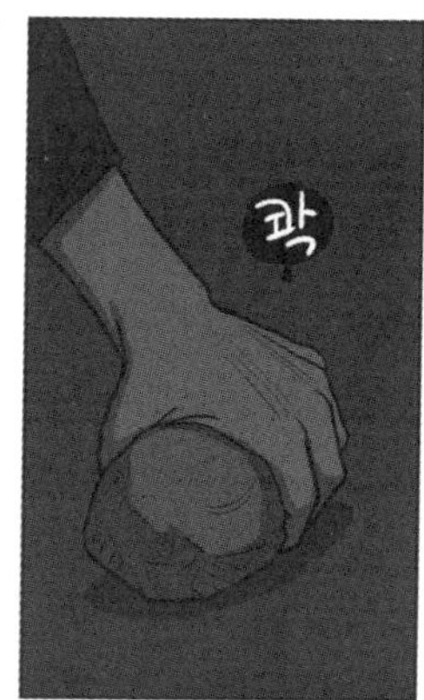
꽉

아아아야!

퍽
꽤액!

야아아아!

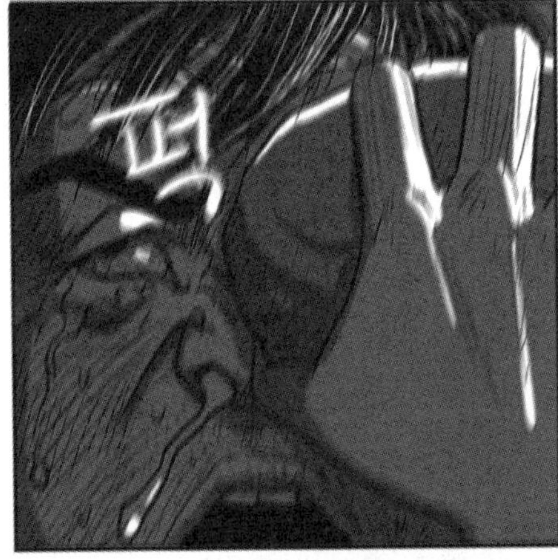

퍽

댕그랑

아아아…
헉
헉
헉
헉

지혈할 만한
걸 찾아올게요.
그, 그래.

우와아아악!!!

새마을ㄱ
으어어어어

퍽

꽥!
우당탕

아파…

벌떡

으아아아아!

퍽

빠

퍽

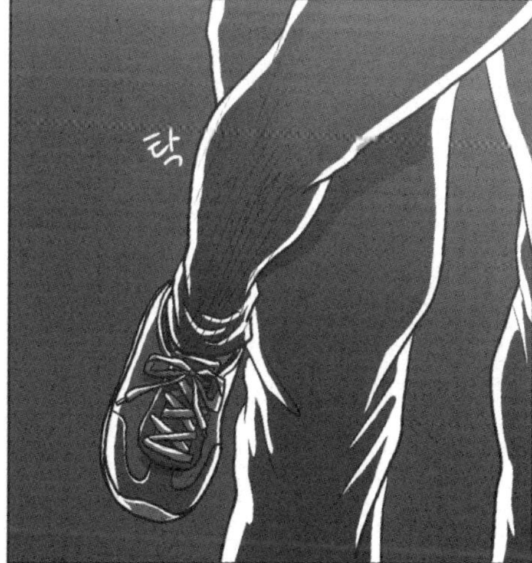

닥

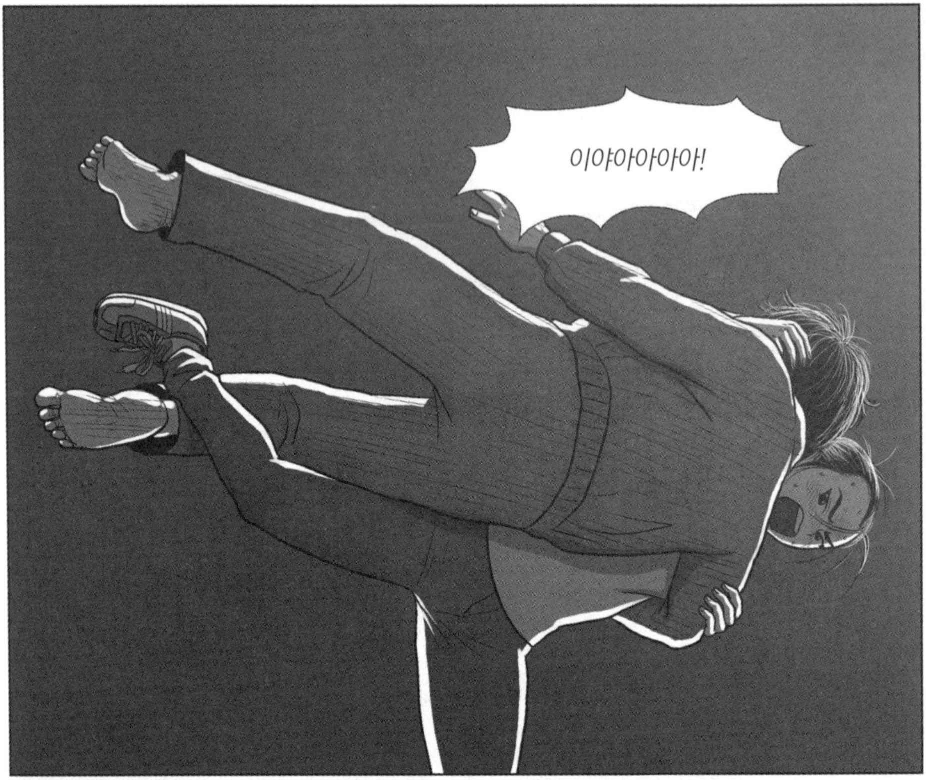

이야야야야야!

킁

꽉

이이이이이이!
컥
컥
컥

병구 씨~

병구 씨~

병구 씨~

자, 잠깐만
기다려봐라…

아,
이 새끼
진짜…

야. 저기 맞지?
보여?

컥
컥

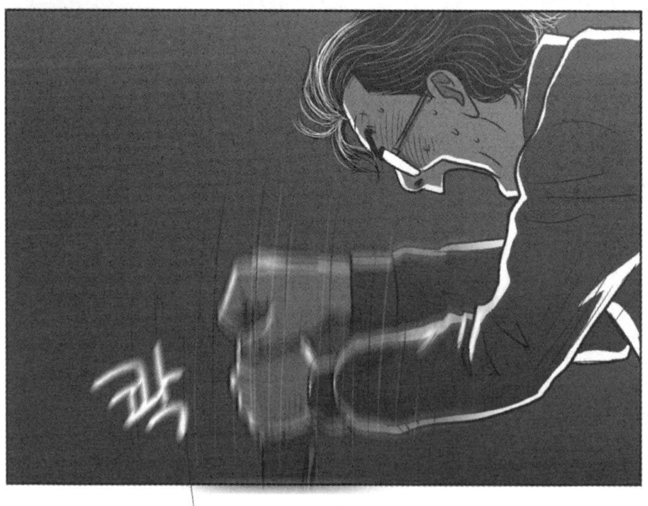

퐉

꺼억…

털썩

서두르자.

지혈 먼저
해야 돼요.

그럴 시간이
없다…
어이
김병구~

출혈이
너무 심해요.
이대로는…

꽉

아야!

부아

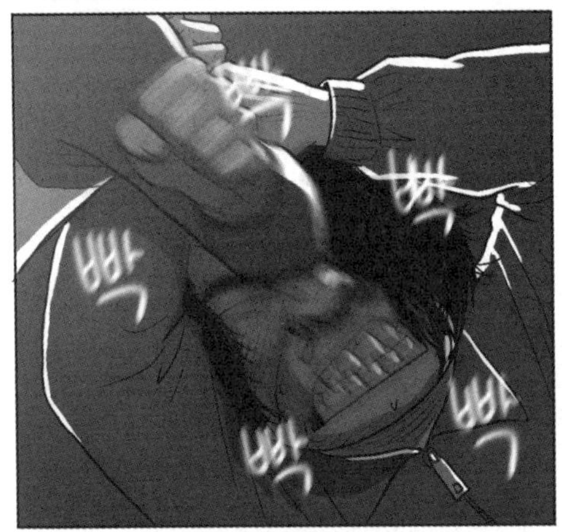

부아
부아
부아

부아
부아
부아

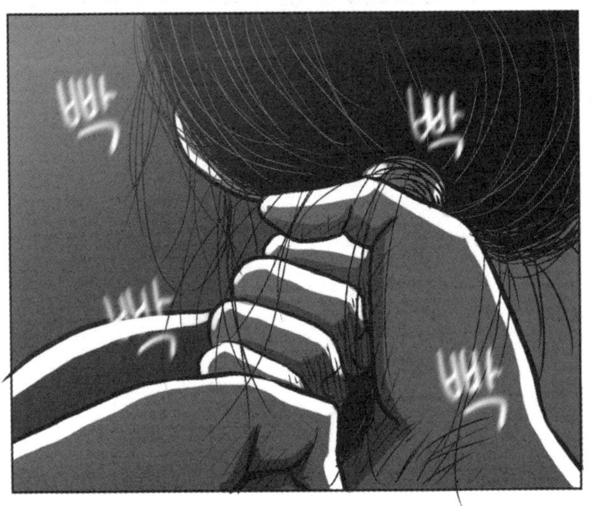

부아
부아
부아

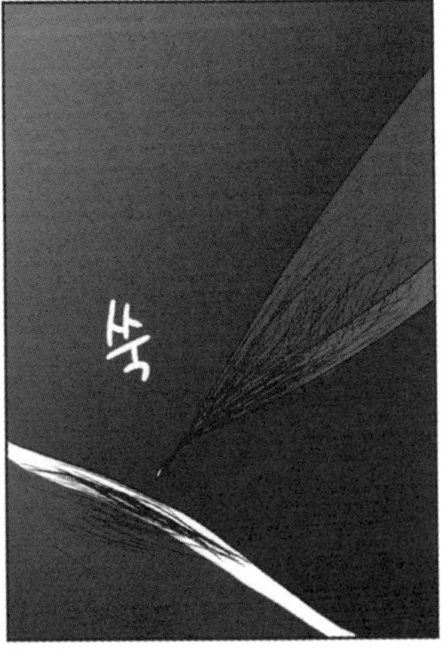

쭈

퍽

빠앙

악!

야이
새끼들아!

으아아아아!

퍽
퍽
퍽
퍽
퍽
퍽
퍽
움직이면
쏜다!
엎드려
이 새끼들아!

퍽
퍽
퍽
빵
퍽
퍽
퍽
퍽

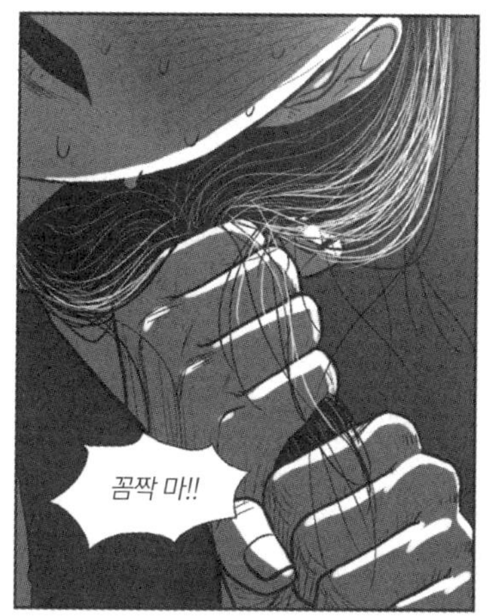

꼼짝 마!!

빵-
빵-
피융-
아버지.

먼저…
가셔야겠어요.

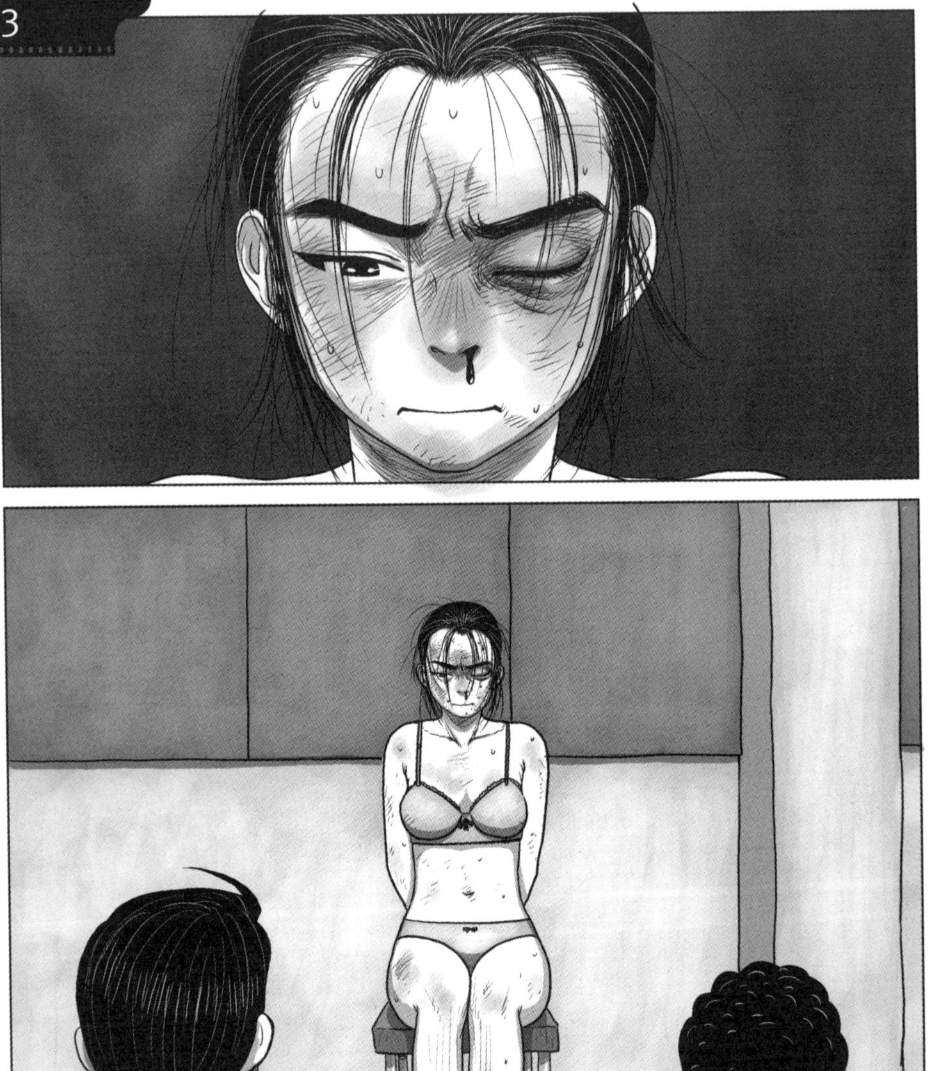

야... 진짜 간첩은 차원이 다르구먼. 독하다 독해.

이 정도 했으면 사돈의 8대조 할아버지도 팔아먹는 게 정상인데…

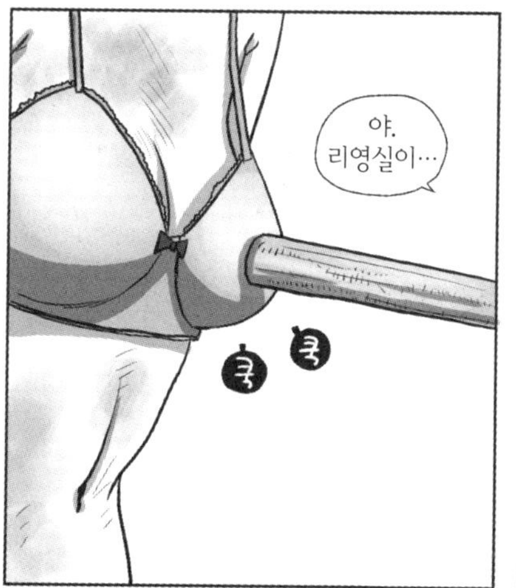

야. 리영실이…

이 좆만 한 대한민국에서 말야…
팔에 총까지 맞은 60대 영감이 짱박힐 만한 데가 얼마나 있을 것 같애?

다 끝났다는 거
아직 모르겠니?

야, 영실아.
이렇게 버티는 거
아무 의미 없어.
알지?

너 아직 젊어.
빨리 끝내고
새로운 인생 다시
시작하자.
언제까지
이러고 살 거야?
안 그래?

자, 우리 내부에
심어놓은 공작원이
누구니?

툇!

인민들의 피를 빨아 미제 파쇼의 아가리에 갖다 바치는
식민지 괴뢰 주구들에게 해줄 말은 아무것도 없소.

참 나…
이런 쌍년이 뒈질라고!!!

전기공사 준비해.

야… 뭘 전기공사까지…

우리가 해볼 테니까 옆에서 좀 봐줘.

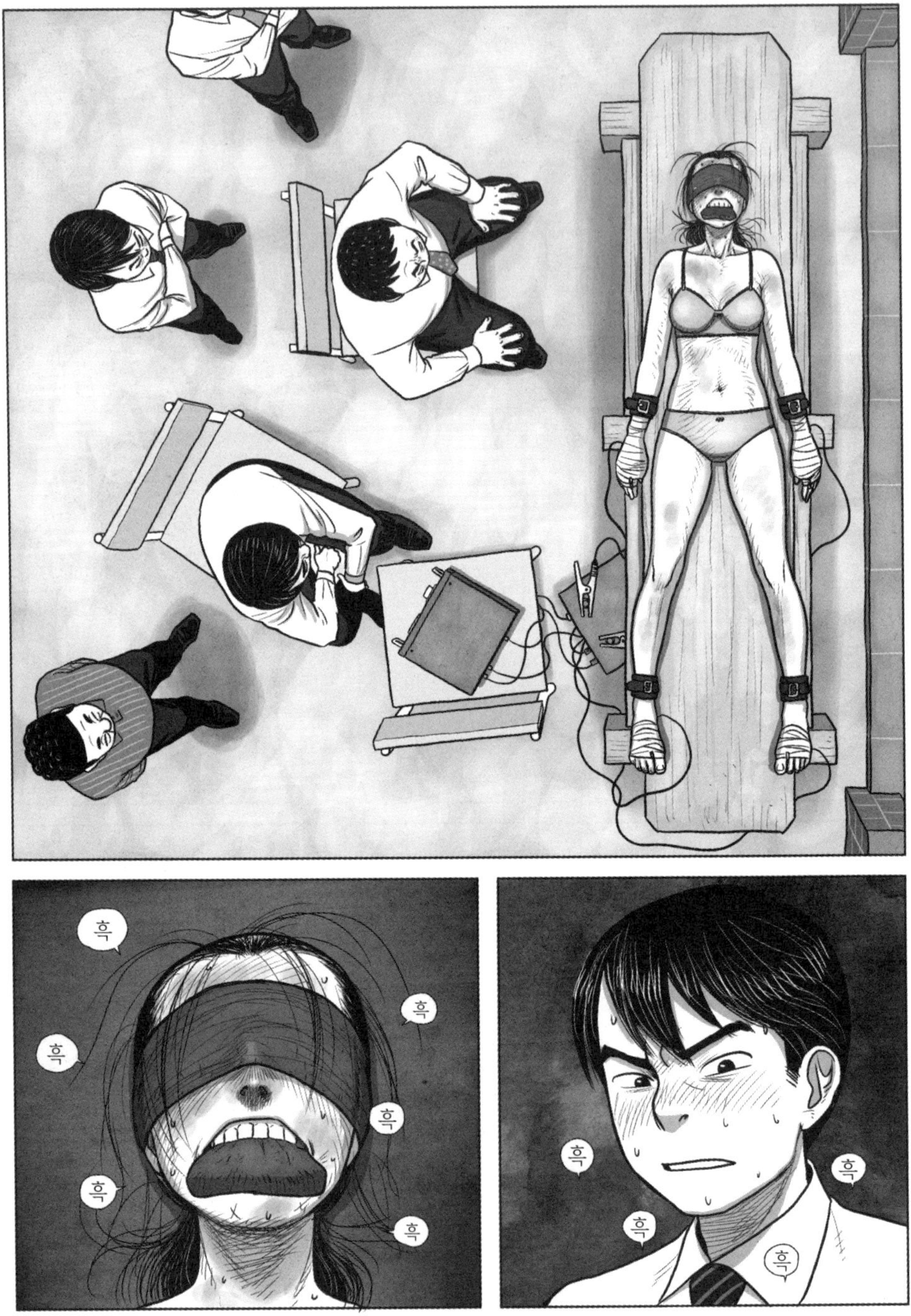

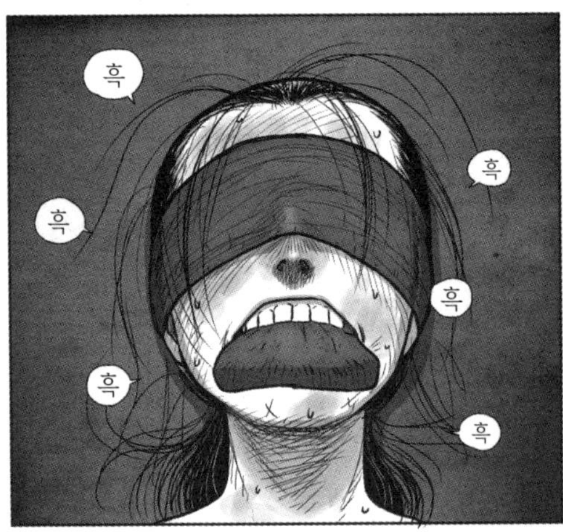

흑
흑
흑
흑
흑

흑
흑
흑

박계장님.

이거 여기까지
올리면 되죠?

아냐 아냐,
너무 높아.

그거 보다
두 칸 낮게.

지난번에 보니깐
여기까지 하시는 거
같던데.

여자잖아.
남자하고 같냐.

낮게 잡아
낮게…

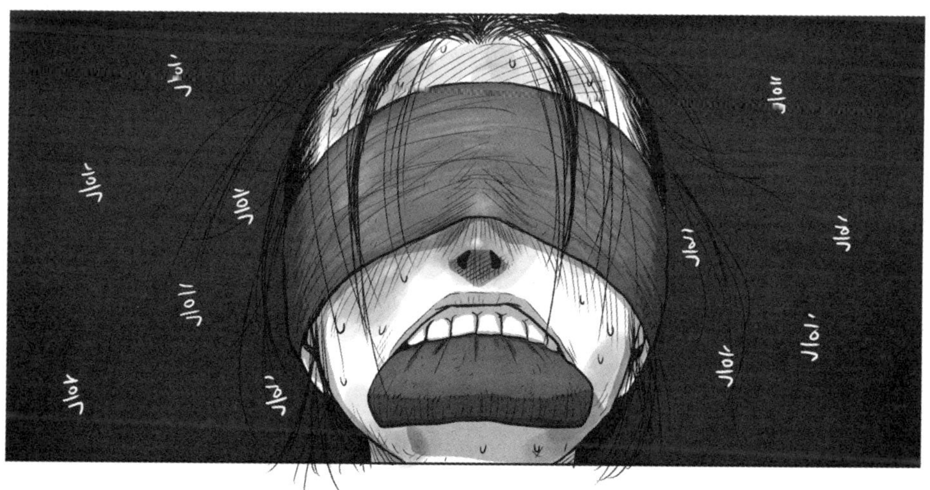
흐윽

흐윽

흐윽

흐윽

흐윽

흐윽

흐윽

흐윽

까딱

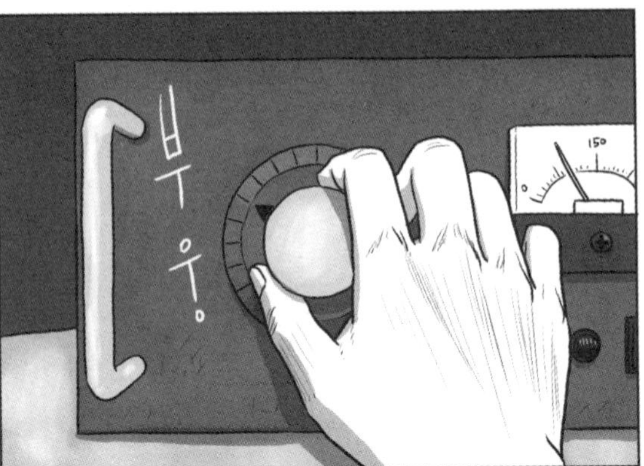

브
우
°

우 우 우 우 우 우 우
끄...윽

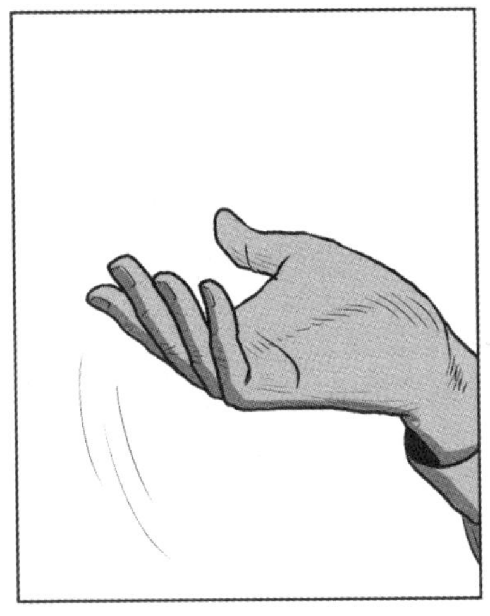

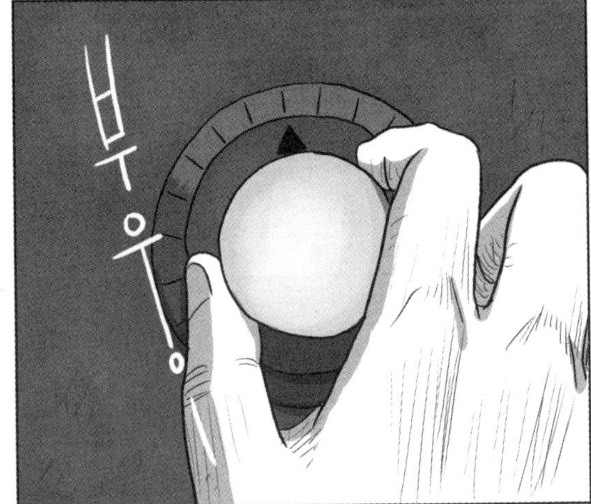

브
우

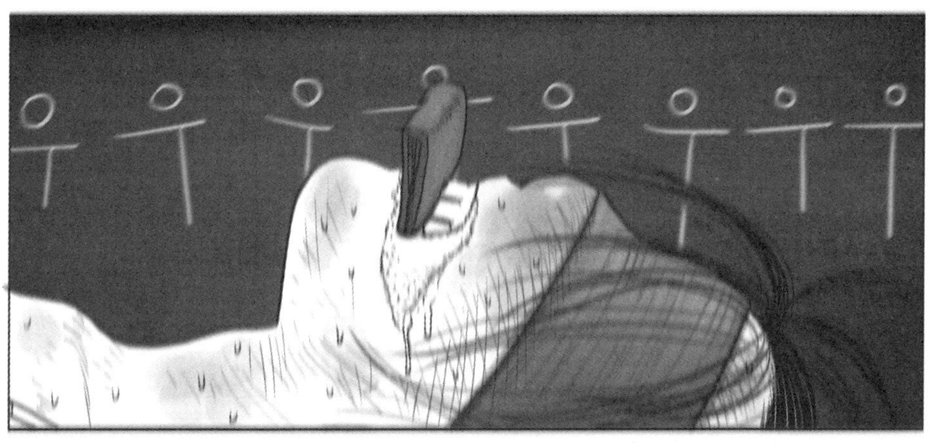

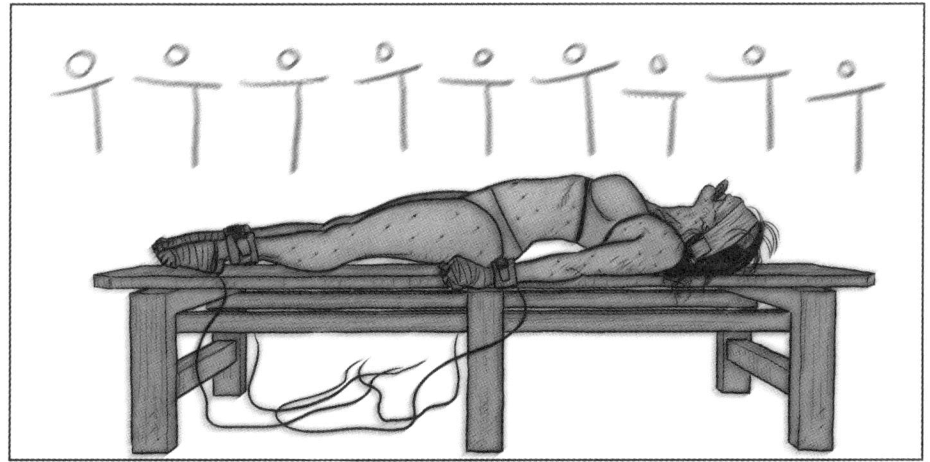

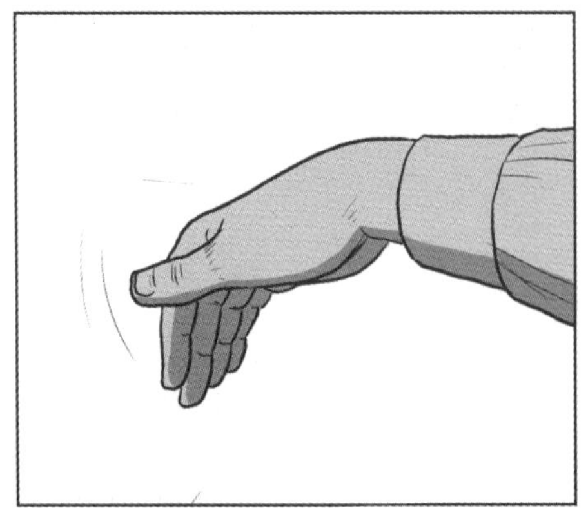

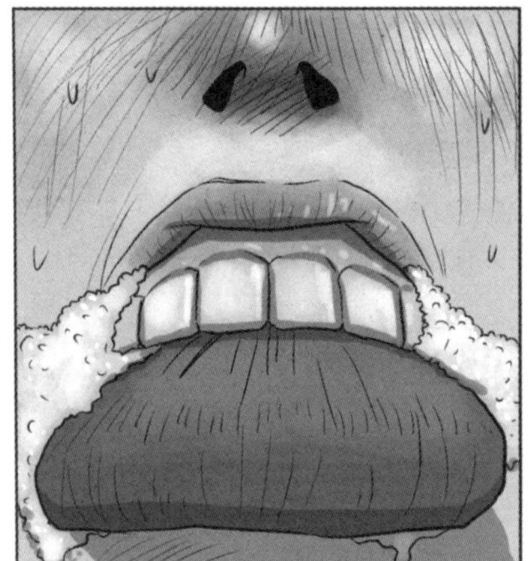

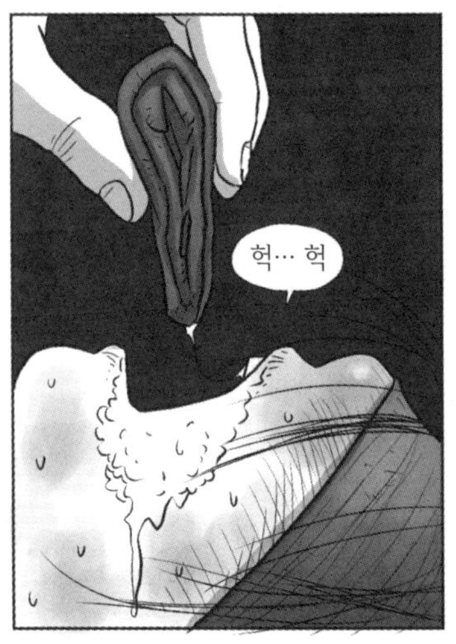

330

다시 묻는다. 우리 쪽에 심어놓은 쥐새끼… 누구야?

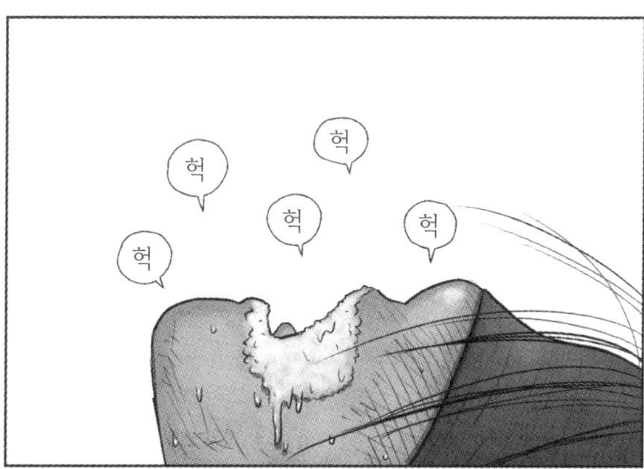

헉
헉
헉
헉
헉

아직 살 만하다 이거지?

아까보다 쫌만 더 올려.

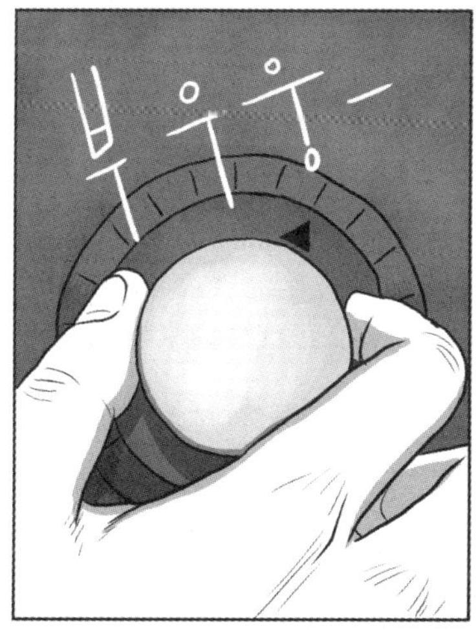

부우웅—

우 우 우 우
끄… 르… 륵…

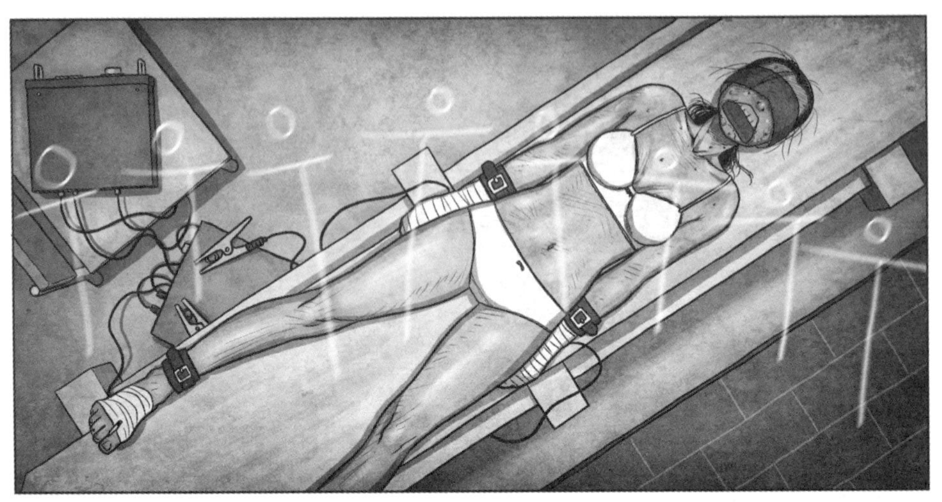

히야…
역시

대학생
애들하곤 달라.
교육 훈련이 이래서
중요하다니깐.

이거 오늘 안에
안 끝나겠어.
체력들 아껴.
나가서 바람도 좀 쐬고.

커피 한잔
먹고 오자.

커피 안 먹을래?
안 졸려?

어. 난 됐어.
먹고들 와.

쿵

현숙 씨!
들려요
현숙 씨?

현숙 씨 저예요.
도훈이.
알겠어요
내 목소리?

현숙 씨.
조금만 더
견뎌줘요.
제가 어떻게든
해볼게요.

잘 견뎌줘서
고마워요.
쪼금만 더
참아줘요.

도… 훈…

네! 저예요!
저 도훈이예요!
내 목소리 알겠어요?
도… 훈…

네, 저 여깄어요 현숙 씨!
도… 훈…

현숙 씨 저 낮아요!
도… 훈…
얘기하세요!
박… 도… 훈…

네, 저 맞다니깐요. 현숙…
박…
도… 훈…

박… 도훈…
박… 도훈…

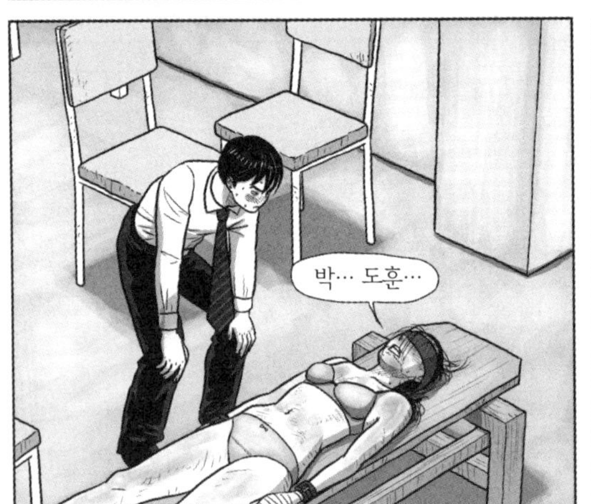
박… 도훈…

박…
도…
훈……

어쩌구
저쩌구
박… 도훈…

콱

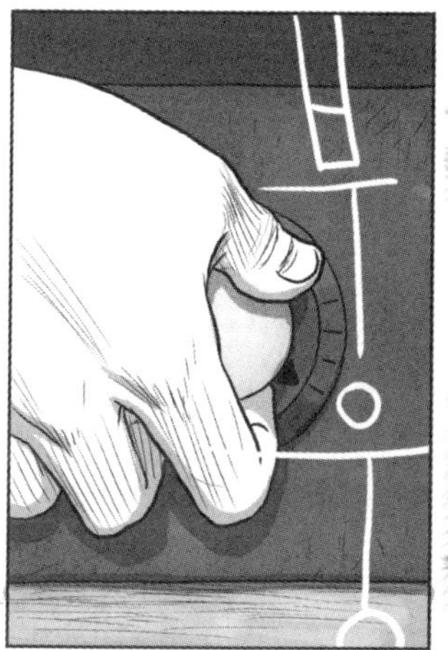

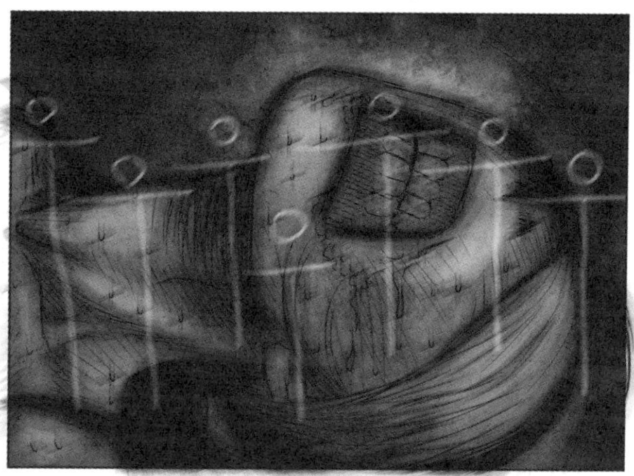

병구 잘못이 아니에요

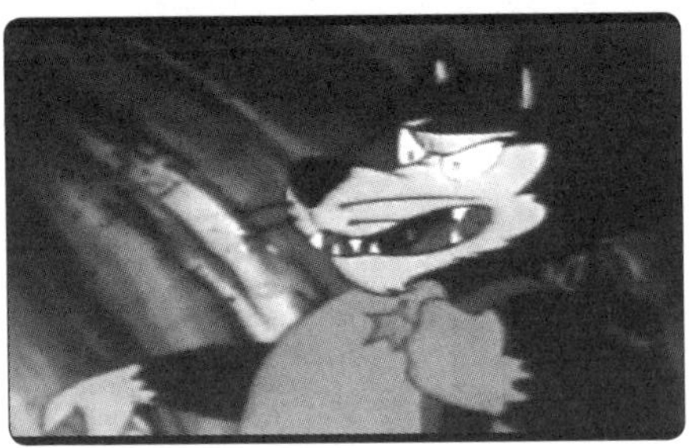

이 분입니다

이 분입니다.
텔랜트 김호영씨

이 분입니다.
홍콩 영화배우
글로이아 입씨

2권에서 계속됩니다.

조국과 민족 ㊤

지은이 | 강태진

초판 1쇄 인쇄일 2016년 9월 12일
초판 1쇄 발행일 2016년 9월 23일

발행인 | 한상준
편집 | 김민정 · 박수희 · 이현령
표지 디자인 | 조경규
본문 디자인 | 김성인
종이 | 화인페이퍼
제작 | 第二쓰

발행처 | 비아북(ViaBook Publisher)
출판등록 | 제313-2007-218호(2007년 11월 2일)
주소 | 서울시 마포구 월드컵북로6길 97 2층(연남동 567-40)
전화 | 02-334-6123 팩스 | 02-334-6126 전자우편 | crm@viabook.kr
홈페이지 | viabook.kr

ⓒ 강태진, 2016
ISBN 979-11-86712-21-4 04810